KB110776

수전 손택의 말

SUSAN SONTAG: The Complete *Rolling Stone* Interview

수전 손택의 말

파리와 뉴욕, 마흔 중반의 인터뷰

수전 손택 · 조너선 콧

김선형 옮김

마음산책

옮긴이 김선형

르네상스의 영시와 현대 영미 드라마를 공부해 서울대학교에서 문학박사 학위를 받았다. 패티 스미스의 『M 트레인』, 토니 모리슨의 『솔로몬의 노래』, 마거릿 애트우드의 『시녀 이야기』, 수전 손택의 『다시 태어나다』, 시리 허스트베트의 『내가 사랑했던 것』, 델리아 오언스의 『가재가 노래하는 곳』 등 다수의 소설과 에세이를 번역했다.

수전 손택의 말

파리와 뉴욕, 마흔 중반의 인터뷰

1판 1쇄 발행 2015년 4월 15일
1판 13쇄 발행 2024년 4월 15일

지은이 | 수전 손택 · 조너선 콧
옮긴이 | 김선형
펴낸이 | 정은숙
펴낸곳 | 마음산책

등록 | 2000년 7월 28일(제2000-000237호)
주소 | (우 04043) 서울시 마포구 잔다리로3안길 20
전화 | 대표 362-1452 편집 362-1451 팩스 | 362-1455
홈페이지 | www.maumsan.com
블로그 | blog.naver.com/maumsanchaek
트위터 | twitter.com/maumsanchaek
페이스북 | facebook.com/maumsan
인스타그램 | instagram.com/maumsanchaek
전자우편 | maum@maumsan.com

ISBN 978-89-6090-222-0 03840

* 책값은 뒤표지에 있습니다.
* 본문에서 사용 허가를 받지 못한 사진은 저작권자와 연락이 닿는 대로 게재 허가를 받겠습니다.

사람은 '무엇'에 대해서든 철학을 할 수 있어요.

예를 들어서 사랑에 빠지면

사랑이 뭔지 생각하기 시작하잖아요.

▪ 일러두기

1. 이 책은 〈롤링스톤〉지의 창립 공신인 에디터 조너선 콧이 수전 손택을 인터뷰한 책이다. 인터뷰는 1978년 6월 중순 파리에서, 다섯 달 뒤인 11월 뉴욕에서 모두 열두 시간에 걸쳐 이루어졌고, 그중 3분의 1만이 〈롤링스톤〉 1979년 10월 4일 자에 게재되었다. 인터뷰 전문이 공개된 것은 이 책을 통해서가 처음이다.
2. 인터뷰에서 화자 '조너선 콧'은 '콧'으로, '수전 손택'은 '손택'으로 줄여 표기하였다.
3. 외국 인명, 지명, 작품명 및 독음은 외래어표기법을 따르되 관용적인 표기와 동떨어진 경우 절충하여 실용적 표기를 따랐다.
4. 원서의 부연과 주는 소괄호로 담았고, 옮긴이 주는 글줄 상단에 맞추어 작게 표기하였다. 원서에서 기울여 강조한 글자는 작은따옴표로 처리했다.
5. 국내에 소개된 소설, 영화 등은 번역된 제목을 따랐고, 국내에 소개되지 않은 작품은 원어 제목을 독음대로 적거나 필요한 경우 우리말로 옮기고 원어를 병기했다.
6. 영화명, 곡명, 잡지와 신문 등의 매체명은 〈 〉로, 장편소설과 책 제목은 『 』로, 단편소설과 논문 등 편명은 「 」로 묶었다.

조너선 콧

"정신의 생명에 대해 생각해낼 수 있는 단 하나의 은유는 바로 살아 있다는 감각이다"라고 정치과학자 한나 아렌트는 말했다. "삶의 숨결이 없다면 인간의 몸은 시체다. 생각이 없다면 인간의 정신은 죽는다." 수전 손택은 동의했다. 일기와 공책 두 권에서(『의식은 육체의 굴레에 묶여 있기에As Consciousness Is Harnessed to Flesh』) 그녀는 선언했다. "지성적이라는 건, 내게는 어떤 일을 '더 잘하는' 것 같은 게 아니다. 그건 내가 존재하는 유일한 방식이다……. 나는 나 자신이 수동성(그리고 의존성)을 두려워한다는 걸 알고 있다. 내 정신을 활용하면, 그 무엇이 나를 능동적으로(주체적으로) 느끼게 만들어준다. 좋은 일이다."

1933년에 태어나 2004년 세상을 떠난 에세이스트 · 소설가 · 희곡 작가 · 영화제작자 겸 정치적 행동가 수전 손택은 사고하는 삶을 살고 자신이 살고 있는 삶에 대해 사고하는 일이 상호보완적이며 삶을 더욱 풍요롭게 만드는 활동이라는 사실을 몸

소 보여주는 걸출한 모범 사례다. 1966년 『해석에 반대한다』의 출간 이래로—이 첫 번째 에세이 선집에서 그녀는 고고하게 학자연하거나 생색내는 기색 하나 없이, 슈프림스에서 시몬 베유까지, 〈놀랍도록 줄어든 사나이〉1957년 잭 아널드 감독의 흑백 SF 영화. 핵 구름에 노출된 후 몸이 줄어드는 남자의 고군분투를 그리며 존재의 의미에 대한 심오한 질문을 던진다 같은 영화에서 〈뮤리엘〉프랑스 감독 알랭 레네의 1963년 영화까지 광범한 주제를 신나게 넘나든다—손택은 흔들림 없이 '대중문화'와 '고급문화' 양 진영 모두에 대해 충성심을 지켜왔다. 저서의 30주년 기념판 서문에서 그녀는 직접 말했다. "내가 만일 도어스와 도스토옙스키를 놓고 선택을 해야만 한다면, 그렇다면 당연히 나는 도스토옙스키를 선택할 것이다. 그러나 굳이 그럴 필요가 있는가?"

"예술의 에로틱스"의 옹호자로서 손택은 프랑스 작가 롤랑 바르트와 공유하는 부분이 있다. 소위 바르트가 말한 "텍스트의 쾌감"뿐 아니라 손택이 바르트에 대해 묘사한 "욕망과 충만한 지성과 쾌감의 삶으로서 정신의 삶을 그리는 비전"에서도 그러하다. 이런 면에서 볼 때 그녀는 윌리엄 워즈워스의 발자취를 따르고 있었다. 『서정 담시Lyrical Ballads』 서문에서 워즈워스는 시인의 역할을 "인간에게 즉각적인 쾌감을 주는 것"이며 이러한 과업은 "우주의 아름다움에 대한 감사의 표시"이며 "인간의 천성적이고 벌거벗은 품위에 바치는 경의"라고 정의하고, 그 원칙을 현실로 바꾸는 건 "사랑의 영靈으로 세계를 바라보는 사람에게는 가볍고 쉬운 일"이라고 주장했다.

"무엇이 나를 강인하다고 느끼게 하는가?" 손택은 일기에서 이렇게 묻고 스스로 답했다. "사랑과 일에 빠져 있는 것"과 "정신의 뜨거운 고양"에 대한 충성을 맹세하는 일이라고. 분명 손택에게는 사랑하고 욕망하고 사고하는 것이 본질적으로는 동일 연장선상에 있는 일이었다. 매혹적인 저서 『달콤씁쓸한 에로스Eros the Bittersweet』에서 시인이자 고전주의사 앤 카슨Anne Carson, 1950~은—손택이 존경해 마지않던 작가다—"에로스가 연인의 마음속에서 작용하는 방식과 앎이 사상가의 정신 속에서 작용하는 방식 사이에는 상당한 유사성이 있는 것으로 보인다"라고 썼다. 그리고 이러한 진술을 덧붙였다. "정신이 앎을 향해 손을 뻗을 때 욕망의 공간이 열린다." 이러한 감정은 롤랑 바르트에 대한 손택의 에세이에서도 공명하며 메아리친다. "글쓰기는 포옹이며, 포옹을 받는 것이다. 모든 사유는 손을 뻗어 내미는 사유다."

1987년 펜PEN 미국 센터가 주최한 헨리 제임스 심포지엄에서 손택은 욕망과 앎의 분리 불가능한 관계라는 앤 카슨의 개념을 확장해 논했다. 제임스의 황량하고 추상적인 어휘에 대한 흔한 비판을 배격하며 손택은 이렇게 응수했다. "제임스의 어휘는 사실 아낌없이 베푸는 선심과 풍요와 욕망과 환희와 황홀경의 어휘다. 제임스의 세계에서는 언제나 그 이상이 있다. 그 이상의 텍스트, 그 이상의 의식, 그 이상의 공간, 그 이상의 공간적 복잡성, 그리고 의식이 갉아먹을 양식도 항상 더 있다. 그는 소설에 욕망의 원칙을 새기는데 그건 내게 새로워 보인다. 그건 인식론적 욕망이지만 종종 육체적 욕망을 흉내 내거나 그 대역을 겸한다." 일기에서 손택은 "정신의 삶"을 다음과 같은 언어로 묘사한다. "탐욕" "기호" "갈망" "열망" "선망" "항구적 불만족" "황홀" "성향". 그러니 "사랑에 빠지는 것과 알게 되는 것은 나로 하여금 진정 살아 있다는 기분을 만끽하게 한다"라는 앤 카슨의 말에 손택이 어떤 감정을 느꼈을지 상상하기란 어렵지 않다.

다방면으로 작업하면서 손택은 항상 남성/여성이라든가 젊음/늙음 같은 전형적인 범주에 도전하고 전복하려고 노력했다. 이러한 스테레오타입이 인간으로 하여금 제한적이고 위험을 회피하는 삶을 살도록 유도한다고 보았기 때문이다. 그리고 사고와 감정, 형식과 내용, 윤리학과 미학, 그리고 의식과 육감처럼 소위 양극으로 보이는 것들이 사실은 쓰다듬는 방향에 따라 두 가지 질감과 두 가지 다른 느낌, 두 가지 색깔과 두 가지 인식 방법을 제공하는 벨벳의 솜털처럼 단순히 각자의 일면으로 간주할 수 있다는 자신의 견해를 꾸준히 검토하며 시험했다.

예를 들어 1965년의 에세이 「스타일에 관하여On Style」에서 손택은 이런 글을 썼다. "레니 리펜슈탈의 〈의지의 승리〉와 〈올림피아드〉를 걸작이라고 부르는 건 나치의 정치 선동을 미학적 관용으로 미화한다는 뜻이 아니다. 나치의 정치 선동은 거기 분명히 존재한다. 그러나 또 다른 것이 있다……. 지성과 우아함과 육감의 복잡한 움직임 말이다." 그로부터 10년이 흐른 뒤 「매혹적인 파시즘Fascinating Fascism」이라는 에세이에서는 솜털의 결을 거꾸로 쓸었다. 〈의지의 승리〉가 "이제까지 제작된 가장 순수하게 프로파간다적인 영화"라고 논평하며 "그 영화의 관념 자체가 감독으로 하여금 프로파간다와 별개로 존재하는 미학적 또는 시각적 관념을 품을 가능성을 부정해버린다"라고 했다. 손택은 자신이 한때 "내용의 형식적 암시"에 초점을 맞췄다면 후기에는 "일정한 형식의 관념에 암시된 내용"을 탐구하고자 했다고 설명하곤 했다.

자기 스스로를 "정신 못 차리는 탐미주의자"이자 "강박적인 윤리주의자"라고 칭하는 손택은 "우리에게는 공감이란 오로지 쾌감을 통해 전파되는 것뿐"이며 "고통에 공감할 때마다 우리는 공감이 쾌감과의 미묘한 조합으로 생산되고 전달된다는 걸 깨닫게 될 것"이라는 워즈워스의 생각과 일치했을 가능성이 높다. 그래서 손택이 소위 "다원적이고 다형적인 문화"라고 칭한 현상을 기꺼이 환영한 한편 '타인의 고통'—사망 전에 쓴 마지막 저서에 붙인 제목이다—을 주시하고 또 그 고통을 덜어주려는 노력을 끝까지 멈추지 않았다는 사실은 놀랍지 않다.

1968년 그녀는 미국의 반전운동가 대표단의 일원으로 북부 베트남 정권의 초대를 받아 하노이로 갔다. 일기에 썼듯이 그 경험은 "그녀의 정체성, 의식의 형태들, 그녀가 속한 문화의 영적 양상들, '진지성'이라는 말의 의미, 언어, 도덕적 결정, 심리학적인 표현성을 재평가"하는 계기가 되었다. 그로부터 20년 후인 1990년대 초반에 그녀는 아홉 번에 걸쳐 별개의 사안으로 폐허가 된 사라예보 시를 방문했고, 당시 끊임없는 포위 공격에 시달리며 살아가던 38만 주민들의 고통을 직접 목격했다. 두 번째 방문이었던 1993년 7월에 손택이 만난 사라예보 태생의 연극 제작자가 그 도시에서 가장 숙련된 직업 배우들과 함께 사뮈엘 베케트의 〈고도를 기다리며〉를 연출해달라는 초청을 했다. 그리고 저격수의 총성과 박격포 포성을 배경으로 리허설과 본공연이 진행되었다. 공연에는 정부 고관들, 도시 주요 병원의 외과의사들, 최전방의 병사들을 비롯해 불구가 되고 비탄에 빠진 무수한 사라예보인들이 참석했다. 손택은 『타인의 고통』에서 이렇게 말한다. "악행이 존재한다는 사실에 끊임없이 놀라워하고, 인간이 얼마나 다른 인간들에게 소름 끼치게 끔찍한 잔혹 행위를 직접 가할 수 있는지를 보여주는 증거들을 마주하고 계속해서 환멸스럽다(심지어 못 믿겠다)는 느낌을 받는 사람이라면 윤리적 또는 심리적 성년에 아직 도달하지 못한 것이다." 그리고 이런 선언도 했다. "이타주의가 없이 참된 문화의 가능성은 없다."

내가 처음 수전 손택을 만난 건 1960년대 초반 컬럼비아대학교에서였는데, 당시 그녀는 교편을 잡고 있었고 나는 학생이었다. 3년 동안 나는 컬럼비아대학교의 일간신문인 〈컬럼비아 스펙테이터〉 문예부의 기고자 겸 편집자로 활동했다. 그리고 1961년에 훗날 『해석에 반대한다』에 들어가게 될, 노먼 O. 브라운의 『죽음에 대항한 삶Life Against Death』에 대한 평론 한 편을 손택이 이 대학 신문에 기고해주었다. 그 글을 읽고 나서 나는 당돌하게도 어느 날 오후 그녀의 사무실을 찾아가 내가 그 글을 얼마나 인상 깊게 읽었는지 말씀드렸다. 그리고 그 첫 만남 이후 우리는 몇 번인가 만나 함께 커피를 마셨다.

1964년 컬럼비아대학교를 졸업하고 나는 버클리로 옮겨 캘리포니아주립대학에서 영문학을 공부하게 되었는데, 정신을 차려보니 어느새 위대하고 새로운 미국의 사회적·문화적·정치적 각성 한가운데 휘말려 있었다. "그 새벽에 깨어 있는 자 참으로 행복하도다." 그로부터 2세기 전 프랑스혁명의 초엽에 윌리엄 워즈워스가 한 말이다. 당시 사람들은 다시 한 번 진정으로 삶이 드라마가 되는 경험을 하고 있었고, 어디를 가든지 밥 딜런이 〈탱글드 업 인 블루Tangled Up in Blue〉에서 노래했듯이 "밤이면 카페에 음악이 흐르고 공기에는 혁명이 배어 있는" 것처럼 느껴졌다. 30여 년이 흐른 뒤 『해석에 반대한다』의 재판에 서문을 쓰면서 그 시절을 반추하게 된 손택은 이렇게 남겼다. "돌이켜 보면 그 모든 게 얼마나 기막히게 근사해 보이는지. 그 대담무쌍함, 그 낙관주의, 상업에 대한 그런 경멸이 조금이라도 살아남았다면 얼마나 좋을까 바라게 되는지. 두드러지게 근대적인 감성의 양극은 노스탤지어와 유토피아다. 지금은 60년대라는 꼬리표를 붙이게 된 그 시대의 가장 흥미로운 특징은 아마도 노스탤지어가 극히 적었다는 것이다. 그런 의미에서 그 시절은 진정 유토피아적인 순간이었다."

1966년의 어느 날 오후 나는 우연찮게도 버클리의 캠퍼스에서 수전과 다시 만나게 되는 행운을 얻었다. 그녀는 내게 대학의 초청으로 강연을 하러 왔다고 말했고, 나는 바로 얼마 전부터 KPFA 방송국에서 자유로운 형식의 심야 라디오 프로그램을 제작하고 진행하게 되었다고 말씀드렸다. 그리고 친구인 톰 러디—머지않아 퍼시픽 필름 아카이브의 큐레이터가 될 재목이었다—와 그날 밤 야심한 시각에 영화감독 케네스 앵거와 함께 그의 영화 〈스콜피오 라이징Scorpio Rising〉언더그라운드 영화 중에서 가장 영향력이 있는 작품으로 꼽히는 케네스 앵거 감독의 1964년작 29분짜리 영화. 오토바이 갱들을 통하여 전통적 종교 집단이나 나치의 폭력, 동성애 하위문화 등을 다루었다을 논하기로 했으니 오셔서 함께 대화해주시면 감사하겠다고 청했고, 수전은 그에 응해주었다.(일기에서 수전은 앵거의 〈쾌락 궁전의 창립Inauguration of the Pleasure Dome〉을 '최고의 영화' 목록에 포함시켰다.)

1967년 나는 런던으로 가서 〈롤링스톤〉 잡지의 첫 유럽 지역 편집자가 되었고, 1970년 뉴욕 시로 돌아왔을 때에도 계속 잡지사에서 일하며 글을 기고하고 있었다. 수전과 나는 공통의 친구가 상당히 많았다. 그리고 그 후로 몇 년에 걸쳐 우리는 뉴욕과 유럽을 오가며 가끔씩 디너파티장이며 영화 시사회, 콘서트(록과 클래식 모두)나 인권 관련 행사에 같이 참석하곤 했다. 나는 늘 〈롤링스톤〉지에 수전의 인터뷰를 싣고 싶었지만 어쩐지 쉽게 입이 떨어지지 않았다. 그러다 1978년이 되자 이제 적기라는 생각이 들었다. 평단의 호평을 받은 손택의 저서 『사진에 관하여』가 전년도에 출간되었고, 다른 두 권의 서서도 곧 출간될 예정이었다. 『나, 그리고 그 밖의 것들』—손택 자신이 "일인칭으로 쓴 모험담 시리즈"라고 묘사한 여덟 편의 단편소설 선집이다—과 『은유로서의 질병』이었다. 수전은 1974년과 1977년 사이에 유방암으로 수술과 치료를 받았고, 암 환자로서의 경험이 그 책을 쓰는 촉매제가 되었다. 마침내 그녀에게 인터뷰 요청을 하기로 마음먹고 나서 나는 그 세 권의 책을 우리 대화의 시발점으로 삼자고 제안했고 그녀는 흔쾌히 수락해 주었다.

어떤 작가들은 인터뷰에 참여하는 게—시인 케네스 렉스로스Kenneth Rexroth, 1905~1982. 미국의 시인이자 번역가가 유달리 불쾌한 칵테일파티에 참석한 후에 했던 말처럼—"저녁 식사도 하기 전에 혓바닥을 독주에 담그는" 경험과 그리 다르지 않다고 느낀다. 이탈로 칼비노가 그런 류의 작가였다. 짧은 글 「인터뷰하기 전의 단상」에서 그는 이런 불평을 했다. "아침마다 나는 스스로 타이른다. 오늘은 생산적으로 글을 써야만 한다고. 그런데 꼭 무슨 일인가 생겨서 나로 하여금 글을 쓰지 못하게 한다. 오늘은…… 오늘 해야 하는 일이 뭐가 있었지? 아 맞다, 나를 인터뷰하러 온다고들 했지…… 하느님, 살려주세요!" 노벨문학상 수상자 J. M. 쿳시의 반감은 이제까지 본 중에서도 대단했다. 그는 데이비드 애트웰과의 인터뷰 도중에 이렇게 선언했다. "내게 일말의 예지력이 있었다면 아마 처음부터 기자들과 상종도 하지 않았을 겁니다. 인터뷰는 십중팔구 전혀 모르는 사람과 이야기를 나누게 되는데, 그 낯선 사람은 장르의 관습에 따라 소위 모르는 사람들끼리의 대화에서 적절한 선을 넘어도 된다는 허락을 받고 찾아온단 말입니다……. 하지만 내게 진실은 침묵, 숙고, 글 쓰는 행위 그 자체와 연루되어 있습니다. 그래서 치안판사나 인터뷰어가 기습적으로 휘두르는 비수는 진실의 도구가 아니라 반대로 흉기가 됩니다. 이 거래에 처음부터 대결적인 측면이 있음을 보여주는 기표인 것이죠."

수전 손택의 시각은 달랐다. "나는 인터뷰라는 형식을 좋아해요." 그녀는 언젠가 내게 말했다. "대화를 좋아하기 때문에, 문답을 좋아하기 때문에 인터뷰를 좋아하는 거죠. 그리고 내 사고의 상당 부분이 대화의 소산이라는 걸 알고 있어요. 어떤 면에선 글쓰기에서 가장 어려운 점이 혼자 해야 하고 그래서 나 자신과의 대화를 꾸며내야 한다는 사실이에요. 이건 본질적으로 자연스럽지 못한 활동이거든요. 저는 사람들에게 말하는 걸 좋아해요. 그래서 은둔자가 되지 않을 수 있는 거죠. 그리고 대화는 내가 무슨 생각을 하고 있는지 알아낼 기회를 주죠. 청중은 추상이기 때문에 청중의 생각을 알고 싶지는 않아요. 하지만 누구든 개인의 생각은 당연히 알고 싶은데, 그건 일대일로 만나야만 가능한 일이죠."

1965년의 일기에서 수전은 다짐한 바 있다. "〈파리리뷰〉의 릴리언 헬먼만큼 명료하고+권위 있고+직접적인 말투를 갖출 수 있을 때까지 인터뷰는 일절 하지 않을 것." 그로부터 13년 후, 6월 중순의 어느 햇살 맑은 날 나는 16구에 자리한 수전의 파리 아파트에 도착했다. 그녀와 나는 거실의 소파 두 개를 차지하고 앉았고, 나는 우리 사이에 놓인 테이블에 카세트테이프 녹음기를 꺼내놓았다. 그리고 나는 내가 던지는 질문들에 대한 그녀의 명료하고 권위적이고 직접적인 답변을 경청했다. 수년 전 스스로 목표로 했던 화법을 터득한 게 분명했다.

내가 인터뷰를 해본 거의 모든 사람과 달랐던 점은—피아니스트 글렌 굴드가 단 하나의 예외다—수전이 문장이 아니라 정연하고 여유로운 문단으로 말했다는 사실이다. 그리고 내게 가장 뚜렷한 인상으로 남은 건 그녀가 자신의 사유를 구획하고 부연 설명하는 그 엄정함과 더불어—언젠가 그녀가 헨리 제임스의 문체를 묘사했듯이—'윤리적·언어적 세부 조율'이었다. 그녀는 괄호로 묶은 발언들과 수식어들("가끔" "간혹" "대개" "대체로" "거의 모든 경우에")을 써서 의도한 의미들을 정확하게 조정했다. 풍부하고 유창한 그녀의 대화는 소위 프랑스인들이 말하는 "ivresse du discours", 즉 말에 취한다는 표현이 무엇을 의미하는지 뚜렷하게 체현해 보였다. "나는 창조적인 대화로서의 수다에 꽂혀 있다." 그녀는 일기에서 이런 말을 쓴 적이 있다. 그 뒤에 덧붙여진 말은 "내게 그건 구원의 주된 매개체다"였다.

그러나 세 시간 동안 대화를 나눈 후 수전은 그날 밤 저녁 약속이 있어 외출해야 하니 그 전에 휴식을 취해야겠다고 말했다. 이미 〈롤링스톤〉 인터뷰에 쓸 내용은 충분히 녹음했다는 걸 난 알고 있었다. 그러나 놀랍게도 그녀는 조만간 뉴욕 시의 아파트로 돌아가 6개월 체재할 거라는 계획을 내게 알려주었다. 그리고 아직도 나와 이야기하고 싶은 주제가 여럿 남아 있으니 뉴욕 시로 돌아가서 우리의 대화를 계속해 마무리하는 게 어떠냐고 물었다.

다섯 달 후, 11월 어느 쌀쌀한 오후에 나는 그녀가 소위 "자기만의 복구 시스템"이며 "그리움의 아카이브"라고 칭한 8000권의 장서에 에워싸여 살고 있던, 106번가와 리버사이드 드라이브의 교차로에 자리해 허드슨 강을 내려다보는 널찍한 펜트하우스 아파트에 도착했다. 그 신성한 곳에서 그녀와 나는 밤 늦은 시각까지 함께 앉아 이야기를 나누었다.

1979년 10월, 〈롤링스톤〉 잡지는 수전 손택과 한 내 인터뷰의 3분의 1을 게재했다. 그리고 이제야 처음으로, 35년 전에 파리와 뉴욕을 오가며 놀라운 행운과 특권으로 출중하고 영감을 주는 한 사람과 가졌던 인터뷰 전문을 게재할 수 있게 되었다. 그녀의 지적인 신조는, 내가 늘 생각하듯, 1996년 쓴 '보르헤스에게 보내는 편지'라는 제목의 짤막한 단상에 가장 감동적으로 표현되어 있다.

당신은 지금의 우리가 존재하는 양상의 전부와 과거의 우리 모습 모두가 문학 덕분이라고 말씀하셨습니다. 책들이 사라진다면 역사도 사라질 것이고, 인간 역시 사라질 것이라고요. 나는 당신의 말이 옳다고 확신합니다. 책들은 우리 꿈 그리고 우리 기억의 자의적인 종합에 불과한 게 아닙니다. 책들은 또한 우리에게 자기 초월의 모델을 제공합니다. 어떤 사람들은 독서를 일종의 도피로 생각할 뿐입니다. '현실'의 일상적 세계에서 탈피해 상상의 세계, 책들의 세계로 도망가는 출구라고요. 책들은 단연 그 이상입니다. 온전히 인간이 되는 길이기 때문입니다.

차례

그는 지적인 평화를 뒤흔드는 자가 된다.
하지만 그건 오로지 지적인 방랑자, 지적인 무인 지대를 헤매는 자가 되는 대가를
치르고 나서의 일이다. 멀리 더 멀리 길을 따라 걸어 아득한 지평선 너머
휴식을 취할 다음 장소를 찾아 헤매는 자가 되어야 한다.
그들, 불편한 발을 지닌 이방인들은 고분고분하지도 않지만 싸움꾼도 아닌 무리다.

—소스타인 베블런

*

한 사람이 죽으면 도서관 하나가 소실된다.

—고대 키쿠유족 속담

파라, 스트라우스 앤 지루(Farrar, Straus and Giroux) 출판사 뉴욕 사무실에서, 1973

"실제로 체험해보기 전까지는 진심으로 실감할 수가 없는 것입니다"

콧 4년 전 암 발병 사실을 알게 되었을 때, 선생님께서는 즉시 질병에 대하여 사유하기 시작하셨습니다. 니체가 썼던 글귀가 떠오르는데요. "심리학자에게는 건강과 철학의 관계를 다루는 것만큼 매혹적인 질문도 별로 없다. 그리고 자기 자신이 병에 걸리면 그는 자신의 학문적 호기심을 모조리 동원해 그 질병을 탐구할 것이다"라고 하셨지요. 선생님께서도 그런 식으로 『은유로서의 질병』에 대해 생각하기 시작하셨나요?

손택 글쎄요, 병에 걸렸다는 사실로 인해 질병을 생각하기 시작한 건 확실히 그렇습니다. 제게 일어나는 모든 일은 제게 사유할 거리니까요. 생각은 제가 그냥 하는 일의 일환입니다. 비행기

사고를 겪고 유일한 생존자가 되었다면 비행의 역사에 흥미를 가졌을 가능성이 높지요. 지난 2년 반의 경험이 내 소설에서도 드러날 거라 믿어 의심치 않아요. 물론 아주 전위轉位된 형태겠지만요. 하지만 에세이를 쓰는 사람으로서 나 자신의 일면으로 보면, 던져야겠다는 생각이 들었던 질문은 '내가 지금 무슨 경험을 하고 있는 거지?'가 아니었습니다. 그보다는 '병자들의 세계에서 정말로 어떤 일들이 벌어지고 있는 건가?'였죠. 사람들이 갖고 있는 관념은 무엇인가? 저 자신 역시 병, 특히 암에 대해 수많은 판타지를 갖고 있었기 때문에 제 생각을 검토하고 있었어요. 저는 질병이라는 문제를 진지하게 고려해본 적이 한 번도 없었습니다. 그런데 사유하지 않으면 흔히 통용되는 클리셰를 옮기는 매개체가 되기 십상이거든요. 상당히 계몽된 형태의 클리셰라 하더라도 말이지요.
그렇다고 스스로 작정하고 일거리를 부과했다는 건 아닙니다. '자, 내가 아프니까 생각을 해봐야겠다' 그런 건 아니었죠. 그저 생각을 했을 뿐이에요. 병원 침대에 누워 있으면 의사가 들어와 이런 부류의 '이야기'를 나누고…… 그 말에 귀를 기울이고 있으면 그 사람들이 무슨 말을 하고 있는지, 무슨 뜻인지, 어떤 정보를 지금 수용하고 있는지, 그 정보를 어떻게 평가해야 하는지 생각하기 시작하게 되죠. 그렇지만 한편으로는, 사람들이 이런 식으로 이야기를 한다는 게 얼마나 '생경'한지, 하는 그런 생각이 들어요. 그러면 질병의 세계에 존재하는 신념

체계 때문에 이러는 거라는 깨달음을 얻게 되죠. 그러니까 제가 이 문제로 '철학'을 하고 있었다고 말해도 무방합니다. 저는 철학을 너무나 우러러보고 사랑하는 사람이라 그렇게 허세에 찬 말을 쓰는 걸 좋아하지 않지만요. 그래도 그 말을 좀 더 일반적인 의미로 쓴다면, 사람은 '무엇'에 대해서든 철학을 할 수 있어요. 예를 들어서 사랑에 빠지면 사랑이 뭔지 생각하기 시작하잖아요. 물론 반추하는 성향을 가진 사람이라야 그렇겠지만.
프루스트 전공자인 제 친구가 아내의 불륜 사실을 알게 된 적이 있어요. 그는 끔찍한 질투심에 시달렸고 심한 상처를 받았어요. 그때 그는 질투를 다루는 프루스트의 작품을 완전히 다른 기분으로 읽게 되었고 질투의 본질에 대해 사색하기 시작하면서 그 관념들을 계속 집요하게 파고들었다고 내게 말했어요. 그 과정에서 프루스트의 텍스트들은 물론이고 자신의 경험과도 전적으로 새로운 관계를 맺게 되었다고요. 그는 정말로 괴로워했어요. 그의 시련에 진정성이 결여된 부분은 찾아볼 수 없었습니다. 그리고 그런 식으로 질투를 사유하기 시작했다고 해서 자신의 경험으로부터 도피한 것도 결코 아니었어요. 하지만 그 시점까지 그는 심오하게 성적인 질투를 한 번도 경험해보지 못했던 것입니다. 과거에 프루스트의 작품에서 질투에 대해 읽을 때는 자기 경험이 아닌 무언가를 읽는 사람의 방식으로 읽었던 거죠. 실제로 체험해보기 전까지는 진심으로 실감할 수가 없는 것입니다.

"사람은 세계가 아니고 세계는 사람과 동일하지 않지만,
사람은 그 안에 존재하고 그 세계에 주의를 기울이지요.
그게 바로 작가의 일입니다"

콧 죽도록 질투심을 느끼게 되면 그 시점에서 질투에 대한 글을 읽고 싶어질지 저는 잘 모르겠습니다. 그리고 비슷한 얘기인데, 병들었다는 사실과 함께 선생님께서 하신 것처럼 병에 대해 사유한다는 건 어쨌든 어마어마한 노력을 요했을 테고, 어쩌면 심지어 굉장히 거리를 두어야만 가능한 일이었으리라 생각되는데요.

손택 오히려 그 반대로, 저에게는 그 생각을 하지 않는 편이 훨씬 더 큰 노력이 필요했을 거예요. 세상에서 가장 쉬운 일이 바로 지금 겪고 있는 일에 대해 생각하는 것입니다. 병원에 입원해서 죽게 될 거라는 생각을 하고 있다고 해보세요. 그러면 저로서는 그 생각을 하지 않으려면 거리를 두려고 크나큰 노력을 쏟아야 했을 겁니다. 그리고 정말로 힘겨운 거리 두기 노력은, 일을 아예 하지 못할 정도로 아픈 시기를 벗어나 다시 돌아가서 사진에 관한 책(『사진에 관하여』)을 마무리하기 위해서 필요했습니다. 그것 때문에 미칠 것만 같았지요. 제가 마침내 일을 할 수 있게 되었을 때, 그때가 암 진단을 받고 6개월인가 7개월 후였을 겁니다. 그런데 아직 사진에 관한 에세이들을 탈고하

지 못하고 있었어요. 머릿속에서는 이미 구상이 다 끝나고 남은 노력이라고는 글자로 옮겨서 제대로, 세심하게, 매력적이고 생생하게 써내는 것뿐이었죠. 하지만 당시 제가 마음으로 실감하지 못한 주제에 대해 글을 쓰려니 미칠 것만 같더군요. 오로지 『은유로서의 질병』을 쓰고 싶은 마음뿐이었지요. 왜냐하면 그 책의 아이디어들은 모두 발병한 후 처음 한두 달 이내로 굉장히 빨리 떠올랐기 때문이에요. 그래서 억지로 마음을 돌려 사진에 관한 책에 집중하기 위해서 대단히 애를 써야 했어요.

자, 내가 원하는 건 내 삶 속에 온전히 현존하는 것이에요. 지금 있는 곳에, 자기 삶 '속'에 자기 자신과 동시에 존재하면서 자신을 '포함한' 세계에 온전한 주의를 집중하는 것 말입니다. 사람은 세계가 아니고 세계는 사람과 동일하지 않지만, 사람은 그 안에 존재하고 그 세계에 주의를 기울이지요. 그게 바로 작가의 일입니다. 작가는 세계에 주의를 기울여요. 저는 머릿속에 모든 게 다 있다는 유아론唯我論적인 관념에 반대합니다. 그렇지 않아요. 사람이 그 속에 있든 없든 항상 거기 그 자리에 엄연히 존재하는 세계가 정말로 있어요. 그리고 아무리 경험이 많아도 내게는 글쓰기를 지금 현재 내게 벌어지는 일과 연결하는 쪽이 그 경험에서 물러나 다른 일을 하려는 것보다 훨씬 쉬워요. 안 그러면 그냥 자기 자신을 두 쪽으로 나누는 거나 마찬가지잖아요. 사람들은 제가 『은유로서의 질병』을 쓰기 위해서 경험과 분리해서 초연해져야 했을 거라 생각하는데, 전혀 그렇지 않았어요.

콧 초연하다기보다는 '거리를 둔다'가 더 정확한 표현 아닐까요? 선생님의 글을 읽다 보면 '거리를 둔다'라는 말이 다른 여러 문맥에서 나오더라고요. 에세이 「스타일에 관하여」에서도 "모든 예술 작품은 재현된 실제 현실로부터 일정한 거리를 두고 구축된다……. 이 거리의 정도와 조작, 거리의 관습이 작품의 스타일을 구성하는 것"이라고 하셨는데요.

손택 아니, 거리를 둔다는 표현은 맞지 않아요. 어쩌면 제가 쓴 글에 대해서 저보다 더 잘 알고 계실지도 모르겠지만……. 아이러니하게 비꼬려는 의도는 아니에요. 왜냐하면 이 과정을 제가 온전히 이해하지 못하고 있을 가능성도 얼마든지 있으니까요. 그렇지만 저는 거리를 둔다는 느낌을 전혀 받지 못해요. 글쓰기는 보통 제게 즐거운 작업이 아닙니다. 아주 지치고 지루하기 일쑤죠. 글을 쓸 때는 워낙 여러 번 퇴고를 거치니까요. 한데 『은유로서의 질병』을 집필하기 시작할 때까지 1년을 기다려야 했음에도 불구하고 그 책은 제가 굉장히 빨리 썼고 또 기쁘게 일했던 얼마 안 되는 작업 중 하나였어요. 내 삶에서 날마다 일어나던 온갖 일과 잇닿아 있었으니까요.

1년 반쯤은 일주일에 사흘씩 병원에 다녀야 했는데, 계속 이런 언어가 들리고 이 바보 같은 관념들의 희생자가 되고 있는 사람들이 보였어요. 『은유로서의 질병』과 베트남전쟁에 대해 썼던 에세이는 내가 살아오면서 내가 쓰고 있는 글이 진실일 뿐 아니라 실제로 아주 유용하며 즉각적이고 실용적인 방식으로 사람들에게 도움을 줄 수 있다는 확신을 가졌던 단 두 번의 사례였어요. 사진에 관한 저의 책은 가장 일반적인 의미에서 사람들의 의식을 확장해주고 만사를 좀 더 복잡하게 만든다는 점을 제외한다면 과연 누구한테 쓸모가 있을지 잘 모르겠네요. 물론 그런 건 언제나 좋은 일이지만요. 어쨌든 저는 『은유로서의 질병』을 읽고 제대로 된 의학적 치료를 모색한 사람들을 알고 있어요. 일종의 심리 치료 말고는 아무 치료도 받지 않다가 그 책을 읽고 나서 화학요법을 받은 사람들도요. 물론 그게 제가 이 책을 쓴 단 하나의 이유는 아닙니다. 그 책을 썼던 건 내가 하는 말이 진실이라는 느낌을 받았기 때문이지요. 아무튼 사람들에게 도움이 되는 글을 쓴다는 건 크나큰 기쁨이에요.

콧 "어떤 이들에게는 철학적 사색이 박탈과 상실인 반면 또 다른 이에게는 부富고 강점이다." 이러한 니체의 관점을 따라서 보자면, 선생님께서 병환을 앓으시면서 그 '박탈'로부터 철학적으로 '병든' 결과물을 내놓지 않았다는 사실이 흥미롭게 느껴집니다. 오히려 대단히 풍요롭고 강력한 산물을 창출하셨는데요.

손택 처음에 이게 시작되었을 때 생각은…… 글쎄요, 당연히 저는 아주 빨리 죽을 가능성이 높다는 얘기를 들었으니까, 제 앞에 놓인 게 단순히 질병과 고통스러운 수술만이 아니라 향후 1, 2년 내로 맞게 될 죽음이기도 하다고 생각했지요. 그러니까 육체적인 고통은 물론이고, 두려움과 공포를 느끼는 동시에 끔찍스러운 공황 상태에 빠져 있었어요. 가장 극심한 형태의 동물적인 불안을 겪고 있었던 거죠. 그러나 또 한편으로는 어마어마하게 강렬한 정신적 고양의 순간들도 경험할 수 있었습니다. 뭔가 환상적인 일이 일어나서 내가 굉장한 모험에 들어선 것 같은 그런 기분이 들었어요. 병들고 십중팔구 죽어가는 모험이겠지만, 기꺼이 죽을 수 있게 된다는 건 정말 뭔가 범상치 않은 일이니까요. 싸구려처럼 들릴까 봐 긍정적인 경험이었다고 말하고 싶지는 않지만, 확실히 긍정적인 측면이 있었어요.

콧 그러니까 말하자면 선생님의 경험이 사유의 과정을 '암화癌化' 하지는 않았다는 말씀이군요.

손택 그럼요, 암이 있다는 얘기를 듣고 나서 2주일 만에 그 생각을 깨끗이 씻어내버렸거든요. 처음으로 든 생각은 내가 무슨 짓을 했기에 이런 벌을 받았지? 잘못 살았어, 너무 억압되어 있었어, 라는 거였어요. 그래, 5년 전에 크나큰 슬픔을 겪었으니까 이건 아마 그 심각했던 우울증의 결과일 거야, 라고요.

그래서 담당 의사 중 한 사람을 붙잡고 물어보았지요. "암의 발병 원인이라는 측면에서 심리적인 측면을 어떻게 생각하시나요?" 그러자 의사가 내게 말했어요. "글쎄요, 사람들은 오랜 옛날부터 질병들에 대해 이런저런 희한한 얘기들을 많이 해왔지만 그게 사실로 밝혀진 적은 한 번도 없습니다." 그러니까 한마디로 철저히 묵살하더라는 거예요. 그래서 결핵에 대해 생각하기 시작했지요. 그러자 책의 논조가 제자리를 잣더군요. 그래서 유죄로 몰리지는 않겠다고 결심했지요. 모두가 그러하듯 저도 죄책감을 느끼는 경향이 있지만, 아니 어쩌면 더 심할지도 모르겠는데, 그게 난 싫어요. 니체가 죄책감에 대해 한 말이 맞아요. 죄책감은 끔찍해요. 차라리 부끄러운 편이 나아요. 그게 더 객관적인 것 같거니와 명예에 대한 사적인 감각과 관련이 있거든요.

"살기를 원하지 않는다면
질병과 공범이 될 수도 있어요"

콧 베트남 방문에 대한 에세이에서 선생님은 수치와 죄책감의 문화가 어떻게 다른지를 논하시죠.

손택 뭐, 분명히 겹치는 부분이 있기는 하지요. 어떤 기준을 충족하지 못했기 때문에 스스로 부끄러움을 느끼는 거니까요. 그렇지만 사람들은 병들었다는 사실에 죄책감을 느낍니다. 개인적으로는 책임감을 느끼고 싶어요. 사생활에서 곤경에 빠졌다는 느낌이 들면, 예를 들어 잘못된 사람과 얽혔다든가 아니면 어떤 식으로든 이러지도 저러지도 못할 상황이 되면—누구나에게 일어날 수 있는 그런 일들 있잖아요—나는 항상 상대의 잘못을 탓하기보다는 책임을 지는 쪽을 선호합니다. 나 자신을 희생자로 보는 게 정말 싫어요. 차라리 뭐랄까, 내가 이 사람과 사랑에 빠지기를 선택했는데 알고 보니 개새끼였어, 이렇게 말하는 게 나아요. 그건 '내가 한' 선택이었으니까요. 더욱이 다른 사람을 탓하는 걸 좋아하지 않아요. 남을 바꾸기보다는 나 자신을 바꾸는 게 훨씬 쉽거든요. 그러니까 내가 책임을 짊어지기 싫어서는 아니고요, 제가 보기에는, 병이 들어서 치명적인 질환을 앓는 건 마치 자동차에 치이는 것과 마찬가지니까, 무엇 때문에 이렇게 앓아눕게 됐나 걱정해봤자 별로 의미가 없다는 거죠. 의미가 있는 행동이라면, 최대한 합리적으로 올바른 치료를 모색하고 진심으로 살고자 원하는 것입니다. 살기를 원하지 않는다면 질병과 공범이 될 수도 있어요.

콧 욥은 죄책감을 느끼지 않았습니다. 완고하게 고집을 부리며 화를 냈지요.

손택 저 역시 지독한 옹고집을 부렸어요. 하지만 분노를 느끼지는 않았습니다. 왜냐하면 분노를 터뜨릴 대상이 없었거든요. 자연에 화를 낼 수는 없잖아요. 생물학에 화를 낼 수도 없고요. 우리는 모두 죽게 됩니다. 받아들이기 힘든 사실이긴 하지요. 그리고 우리는 누구나 이런 과정을 겪습니다. 마치 어떤 사람이 있는데 이 사람이 아무리 조건이 좋아도 70년에서 80여 년밖에 생존할 수 없는 생리학적 우리 안에—주로 머릿속에—갇혀 있는 것 같아요. 그 우리는 어느 시점에서 퇴락하기 시작하고, 반평생 동안, 아니 그 이상 이 물건이 닳아 해어지는 과정을 지켜보게 됩니다. 그런데 할 수 있는 일이 아무것도 없는 거죠. 그 속에 갇혀 있어서, 그게 사라지게 되면 우리도 사라지는 거니까. 우리 모두 자신에 대해 그런 경험을 하게 됩니다. 가까운 지인이 있으면 예순이나 일흔 되신 분들께 여쭤보세요. 지금 몇 살쯤 된 거 같으시냐고. 그러면 기분은 열네 살 같다고 하실 거예요……. 그러다 거울을 보면 이 늙은 얼굴을 보게 되는 거죠. 그러니 그분들은 늙은 몸뚱어리에 갇힌 열네 살짜리 같은 느낌을 받는 거예요! 사람은 이처럼 소멸하는 육신에 갇혀 있어요. 딱 그만큼만 버티도록 설계된 기계처럼 결국은 고장이 나버릴 뿐 아니라 서서히 퇴락해서 세월이 갈수록 기능이 떨어지는 걸 눈으로 볼 수가 있지요. 피부도 그렇게 예뻐 보이지 않고 어떤 것들은 경첩이 떨어지고, 그건 아주 슬픈 체험입니다.

콧 셰익스피어의 표현대로 "이빨도 없고, 눈도 없고, 미각도 없고,

모든 게 없고" 그런 거죠.

손택 네. 샤를 드골은 노년은 난파라고 했는데, 그게 사실이에요.

콧 그런 이중성을 극복하기 위한 그 모든 철학적이거나 유사 신비주의적인 시도들은 어떻게 생각하십니까? 지금 선생님께서는 경험적이고 상식적인 관점에서 말씀해주셨는데요.

손택 스스로가 어딘가 갇혀 있는 자아라는 자각을 극복하는 건 불가능하다고 생각해요. 그건 모든 이원론의 기원이죠. 플라톤적이든 데카르트적이든, 무엇이든 말입니다. 그 어떤 과학적인 분석도 가능하지 않다는 건 잘 알지만, 우리는 '내 몸 안에 있다'는 사실을 의식하고 지각하지 않을 도리가 없어요. 물론 죽음과 화해하고 나이가 들면서 활동의 축을 몸에 덜 의존하는 쪽으로 바꿔가려고 노력할 수는 있지요. 하지만 그 몸뚱어리는 점점 유약해지고 쇠락해서 타인에게 매력적으로 보이지도 않을 것이고 우리에게 쾌감을 주는 방식으로 동작하지도 않을 겁니다.
전통적인 인간 삶의 궤적은 초반에는 보다 육체적이고 후반에는 더 명상적으로 흘러가게 돼요. 하지만 그건 사실 우리에게 주어지지도 않는 대안일뿐더러 사회의 후원도 받지 못한다는 사실을 기억해야만 합니다. 그리고 서로 다른 연령대에 우리가 할 수 있는 일에 대한 관념 내지 나이가 무엇을 의미하는가에 대한 생각들도 상당수가 자의적이에요. 성적인 전형만큼이나 자의적이란 말이죠. 젊음-늙음 그리고 여성-남성의 이항 대립은 아마 사람들을 옭아매는 스테레오타입들을 선도하는 대표적 두 사례일 겁니다. 젊음이나 남성성과 연루된 가치들이 인간의 규준으로 간주되고, 그 외의 다른 것들은 무조건 가치가 떨어지거나 '열등'하다고 인식되지요. 늙은 사람들은 엄청난 열등감을 지니고 있습니다. 늙었다는 걸 '창피해하지요'.

젊었을 때 할 수 있는 것과 늙어서 할 수 있는 것 역시 자의적이고 그다지 근거가 없습니다. 여자가 할 수 있는 일과 남자가 할 수 있는 일을 나누는 거나 마찬가지죠. 사람들은 늘 이런 말을 해요. "아, 그런 건 난 못해. 난 예순이거든. 너무 늙었어." 아니면 "그런 건 못해. 난 스무 살이야. 너무 젊단 말이야." 어째서죠? 누가 그렇대요? 삶에서 최대한 여러 가지 정해진 선택지가 있으면 좋겠죠. 하지만 당연히 진짜 선택은 자유롭게 할 수 있기를 바랄 겁니다. 제 말은, 모든 걸 가질 수는 없으니까 선택을 해야 한다는 뜻입니다. 미국인들은 '무슨 일이든지' 가능하다고 생각하는 경향이 있는데, 그건 제가 미국인들을 좋아하는 이유 중 하나이기도 해요.(웃음) 그런 점에서 저도 아주 미국적이라고 느끼지만, 결국은 더 이상 무언가를 미룰 수 없고 정말로 선택을 해야만 한다는 걸 인정하지 않을 수 없는 순간이 오게 됩니다.

그런 성적인 전형들에 대해서 말하자면 말이죠, 얼마 전 밤에 빈센스대학 세미나에 초청을 받아 갔다가 데이비드(손택의 아들 데이비드 리프)와 겪은 상황이 있어요. 세미나가 끝나고 데이비드와 나 말고도 네 사람이 같이 커피를 마시러 갔습니다. 그런데 어쩌다 보니 세미나에서 같이 온 사람들이 모두 여자였어요. 테이블에 다 같이 앉았는데 그중 한 여자가 프랑스어로 데이비드에게 말하더군요. "아, 딱한 남자 같으니. 여자 다섯하고 한 테이블에 앉게 돼서 어떡해요!" 그러자 모두 웃음을 터뜨렸어요. 그래서 내가 그 여자들에게 말했습니다. 모두 빈센스대학의 교수였지요. "지금 무슨 말들을 하고 계시는지 알아요? 얼마나 자존감이 낮은 건지 아시냐고요?" 아니, 여자가 남자 다섯하고 앉는다 쳐봐요. 그중 한 남자가 "아, 이거 딱하게 됐군요. 여잔 한 사람도 없이 남자 다섯하고만 앉게 되다니" 하고 말하는 상황이 상상이 되느냐고요? 설마 그 여자가 '황송하다'고 생각하려나요.

콧 데이비드가 그 말을 어떻게 생각했을지 궁금하군요.

손택 그 애한테 물어봤다면 아마 그냥 "뭐 새삼스러운 일이라고"라고 했을 거예요.(웃음) 하지만 사실 나는 그 애가 그 여자들의 자존감 결여와 여성 혐오에 심히 당황했다는 걸 알고 있어요. 잊지 말아야 할 사실은, 이들이 십중팔구 페미니스트를 자칭했을 전문직 여성들이었다는 점이에요. 그런데도 자기도 모르게 그런 표현을 썼던 거죠.

콧 그 역逆은 물론, 여자분들이 데이비드에게 "나가주세요!"라고 말하는 거였겠죠.

손택 네, 그럼요.

콧 그것도 매력적인 반응은 아니었을 것 같네요.

손택 전혀, 전혀 아니죠. 그렇지만 아까도 했던 얘기지만, 저는 젊은이들과 늙은이들 사이에서도 이와 상당히 유사한 상황이 벌어진다고 생각해요. 어떤 이십 대의 젊은이—남자든 여자든—가 육십이나 칠십 대의 노인들과 합석하게 된다면 그중 한 노인이 아마 "늙은이 다섯이랑 앉게 되다니, 지루해서 어쩌지!"라고 말할 수도 있지요. 여자들에 관한 논점은 명백하고 또 그럴 수밖에 없는데, 늙음에 대해서는 사람들이 얼마나 한심해하고 창피해하고 초라해하고 변명해야 할 것 같은 기분을 느끼는지 논의가 되지 않았어요.

콧 시몬 드 보부아르가 『성년The Coming of Age』과 『제2의 성性』에서 바로 그런 테마와 주제 들을 탐구한다는 점은 매혹적인 우연인데요.

손택 글쎄요, 제 생각에 보부아르는 기가 막히게 근사해요. 프랑스에서는 다반사로 비난을 듣고 있긴 하지만요. 『제2의 성』에는 부분적으로 동의할 수 없는 대목들이 있지만 전 여전히 지금까지 나온 중 가장 훌륭한 페미니즘 저서라고 생각합니다. 소위 운동보다 훨씬 앞서 있어요. 또한 늙음을 문화적 현상으로서 진지하게 다룬 건 그녀가 최초라고 생각합니다.

콧 카프카가 언젠가, 건강한 사람들도 병자들을 쫓아버리지만 병자들도 건강한 사람들을 멀리 쫓아낸다는 요지의 발언을 했습니다. 그러니까 쌍방향으로 작동한다는 건데요, 이런 양극 대립이 있으면 결국 그게 강화됩니다. 그렇다면 그 덫으로부터 어떻게 벗어나야 할까요?

손택 네, 극단적인 경험을 할 때마다 사람은 같은 경험을 한 다른 사람들과 일종의 연대감을 느끼게 되죠. 발병한 이후로는 육체적으로 장애가 있거나 병든 사람과 접하게 되면 훨씬 더 마음이 크게 쓰이는지라 잘 알아요. 훨씬 심오한 방식으로 연민하게 되는데, 전 그런 상황을 회피하지 않습니다. 그렇다고 제가 예전에 매정한 사람이었다는 얘기는 아니에요. 하지만 지금처럼 크게 감정적으로 동요하지도 않았죠. 요즘처럼 도움이 되려고 노력하지는 않았어요.

콧 고통을 훨씬 더 공감하게 되셨군요.

손택 네, 이제 그런 사람과 정말로 동일시를 할 수 있게 되었으니까요. 무기력하다는 게 어떤 건지, 제 몸을 건사하지 못하고 통증을 느낀다는 게 어떤 건지 잘 알고 있으니까요. 거기에는 크나큰 영감을 주는 용기와 기사도의 세계가 있죠. 그러나 저는 또한 극단적으로 과시적이며 가학적으로 굴 수 있는 병자들도 알고 있어요. 그런 사람들은 자기 병을 이용해서 사람들을 지배하고 착취하려 듭니다. 병에 걸리면 반드시 더 나은 사람이 된다는 그런 얘기가 아닙니다. 그 결과로 창출될 수 있는 행위들이야 상상할 수 없으리만큼 각양각색이겠죠. 그러나 언제나 건강한 사람이었다면, 부처의 말대로, 그런 경험을 통해 공감 능력이 더 큰 사람들과 또 다른 접점을 찾게 됩니다. 반드시 그렇다는 건 아니지만 분명히 그래요. 크게 노력이 필요하지도 않아요.

"종교적 어휘들은 모조리 붕괴했고,
대신 그 자리에 지금의 우리들은 의학적이고
정신과적인 어휘들을 갖고 있습니다"

콧 일기에서 공쿠르 형제는 이렇게 썼습니다. "질병은 사람의 관찰력을 예민하게 만든다, 마치 사진 건판처럼." 이 말은 선생님께서 『사진에 관하여』와 『은유로서의 질병』 두 저서에서 탐구하고 계시는 주제들에 비추어 볼 때 특히 흥미로운데요.

손택 정말 흥미롭네요. 아마 우리는 무엇보다 우리의 이 문화에서 사람들이 질병에 온갖 종류의 영적 가치들이 줄줄이 따라붙는다고 단정 내린 방식들을 살펴보아야 할 겁니다. 그건 그들에게 자기 자신을 들쑤셔서 뭔가를 뽑아낼 수단이 달리 없었기 때문이지요. 우리가 사는 이 사회의 모든 것이 함께 공모해, 우리 삶의 방식에서 가장 진부한 수준의 감정만을 남겨두고 나머지는 전부 제거하려 합니다. 사유가 생겨날 때부터 항상 논의의 대상이 되어왔던 성스러운 것 또는 다른 차원의 초절超絶에 대한 감각이 전혀 없다는 말입니다. 과거에 그 '다른' 상태를 묘사했던 종교적 어휘들이 무너져버린 거죠. 아마도 지금 사람들이 그런 초절의 상태를 상상이나마 할 수 있는 유일한 방법은—어떤 면에서는 참 한심하고 딱한 대안인데요—건강과 유병이라는 관점에서뿐입니다……. 성과 속의 차이, 아니면 인간의 도시와 신의 도시 사이에 존재하는 차이와 유사하게 말이지요.

그런데 질병의 낭만화에는 실제로 일말의 진실이 존재해요. 아프다는 게 무기력한 육체적 컨디션에 불과하다는 얘기를 하려는 게 아닙니다. 물론 거기에 온갖 종류의 가치가 따라붙게 되었는데, 그건 자유로이 떠다니던 가치들이 이제는 '무해'하게 되었기 때문에 거기 정착해 자리를 잡은 것이죠. 그래서 우리는 병이 들면 심리적으로 영적으로 또 인간적으로 뭔가 특별한 일이 일어난다고 생각하기 시작합니다. 왜냐하면 보다 극단적인 의식 상태를 불러낼 수 있는 다른 길을 알지 못하기 때문이지요. 거기에는 초절을 갈구하는 인간의 욕구가 있을 뿐 아니라 초절을 비롯해 더욱 심오한 감정 상태, 더욱 예민한 감수성을 감당할 수 있는 인간의 '능력' 또한 걸려 있는데, 이건 항상 언제나 어떤 식으로든 종교적인 어휘들로 묘사되어왔어요. 이런 종교적 어휘들은 모조리 붕괴했고, 대신 그 자리에 지금의 우리들은 의학적이고 정신과적인 어휘들을 갖고 있습니다. 그래서 거의 2세기에 걸쳐 사람들은 질병에 온갖 영적이고 윤리적인 가치들을 부여해왔지요. 한때 질병이 어떻게 묘사되었는지 보시려면 책 좀 들춰 보면 됩니다. 사람들은 병에 걸렸어도 그 규모가 크건 작건 재앙이라고 여기지 않았고, 뭔가 좋은 일이 일어나고 있다고 생각지도 않았으며, 아프다고 해서 엄청난 정신적 변화가 찾아올 거라는 생각도 안 했어요.

과거에 이처럼 굳이 질병을 지목하지 않았던 이유는, 이런 일들이 일어날 수도 있는 온갖 다른 상황들을 이미 수 세기에 걸쳐 발명하고 제도화하고 의례로 정립해두었기 때문이지요. 예를 들어 금식이라든가 기도라든가 아니면 순교와 같은 자발적이고 육체적인 부류의 수난처럼 말입니다. 그런데 오늘날 우리는 그런 게 별로 없어요. 종교적 신념의 붕괴 이후로 영적인 가치들이 부착된 두 가지 대상이 바로 예술과 질병입니다.

콧 『은유로서의 질병』에서 선생님께서는 "질병이 정신 상태에 의해 유발되며 의지력으로 치유될 수 있다는 이론들은 항상 질병의 육체적인 영역이 얼마나 제대로 이해되지 않고 있는지를 보여주는 한결같은 지표다"라고 쓰셨죠.

손택 18세기에 프랑스에서 메스머Friedrich Anton Mesmer, 1734~1815. 오스트리아 출신의 의사지만 파리에서 활동했다. 동물자기설을 주창한 심신의학 주창자 같은 사람들로 시작하더니 온갖 운동이 일어나서 일종의 근대적 유심론이 탄생하게 되었지요. 그중 일부는 자칭 종교라고 했고, 일부는 의술의 양태라고 자칭했습니다. 예컨대 메스머는 의사라고 하고 다녔죠. 이런 운동들은 질병의 존재를 부정하고 본질적으로 모든 게 다 네 머릿속에 있다고 말했어요. 아니면 뭔가 심령적인 거라고 하든가요. 메스머리즘메스머가 연구 발표한 치료법의 하나. 메스머는 신경성 환자를 일종의 암시 또는 최면요법으로 치유할 수 있다고 주장했다, 크리스천사이언스기독교 교파의 하나. 물질세계는 실재가 아니며 병도 기도만으로 치유할 수 있다고 믿음, 아니면 질병에 대한 정신의학 이론들은 사실 다 같은 것입니다. 모두 질병을 뭔가 정신적이거나 비물질적인 것으로 치환하고 질병의 현실을 부정하니까요. 예를 들어서 병자들의 세계를 어슬렁거리다가 내가 발견한 사실 하나는, 대다수 사람이 가장 원시적인 부류, 즉 마술 같은 걸 제외하고는 과학에 대한 이해나 존경심을 전혀 갖고 있지 않다는 거예요. 우리 사회에선 과학의 평판이 어찌나 안 좋은지 오로지 악을 초래하는 무엇으로만 인식되어 있어요. 당연히 세상 무엇이든 오용하면 나쁘죠. 어떤 업적이나 앎 또는 도구라도 나쁜 목적에 오용될 수 있습니다. 그러나 아무리 의학이 끔찍하더라도—우리 사회에서 의학이 작동하는 양태가 아무리 술수에 능란하고 천박하고 타락하고 물질주의적이라 해도—심각하게 병든 사람은 인디언 치료 주술사보다는 주요 대도시의 종합병원에서 제대로 치료받는 쪽이 나을 가능성이 훨씬 높아요. 암시의 힘으로 병이 나을 수 없다는 얘기가 아니라, 우리 대다수는 훨씬 더 의식이 복잡해져버려서, 전통적인 민간요법이 실제로 치료법을 제공했던, 지금보다 훨씬 단순했던 사회의 사람들과 달리 그런 데 그렇게 잘 반응을 보이지 않는 것 같다는 말이죠. 약초 생약들은 상당수가 명료하게 해명할 수 있는 과학적 근거가 있어요. 예를 들어서 주요 화학요법들은 다수의 소위 원시적인 사회에서 암 치료약으로 쓰던 식물에서 발견된 성분입니다. 전 과학적 지식이 실제로 존재하며 실제로 첨단이라고 생각해요. 육체는 연구하고 해독할 수 있는 유기체라고 믿고요. 유전자 코드의 발견은 우리 시대 가장 중요한 과학적 발견이고 수많은 것들로 이어질 수 있겠는데, 그중에 정말로 대부분의 암에 효과가 있는 치료법도 포함되어 있을 거예요. 의학 분야에서는 100년 전에 알지 못했던 걸 이제 알고 있는데, 그 사람들이 알고 있는 건 진실이죠.

"나는 최대한 책임감을 갖고 싶어요.
내가 희생자라는 느낌을 받는 게 싫어요"

콧　환자는 자신의 질병에 어떤 식으로든 책임이 있다는 생각은 어떻습니까? 이런 주장을 에스트(est. 워너 어하드Werner Erhard가 개발한 그룹 의식 훈련 프로그램)의 추종자들 일부에게서 듣게 되는데요.

손택　나는 최대한 책임감을 갖고 싶어요. 아까도 얘기했듯이 내가 희생자라는 느낌을 받는 게 싫어요. 그 어떤 쾌감도 느낄 수 없을 뿐 아니라 굉장히 불편한 기분이 되어버리거든요. 가능한 한, 그리고 미치지 않는 선에서 나는 내가 주체적으로 자치권을 행사하고 있다는 자각을 최대한도로 확장하길 원해요. 그래서 우정이나 연애에서도 좋고 나쁜 것 모두에 기꺼이 책임을 지고자 합니다. '나는 정말 멋진 인간인데 저 사람 때문에 망했어' 같은 태도는 원치 않아요. 심지어 가끔은 사실이 그렇더라도 전 이제까지 적어도 제게 일어난 나쁜 일들에 공동 책임 정도는 있다고 믿으며 살아왔습니다. 그래야 실제로 내가 더 강하게 느껴지고 또 어쩌면 상황이 다르게 풀릴 수도 있었다고 생각할 수 있으니까요. 그래서 그런 정서에 몹시 공감합니다.

그러나 말씀하신 대로 이런 생각이 망상이 되는 시점이 있어요. 자동차에 치였다면 책임이 없을 가능성이 아주 높지요. 육체적인 병을 얻었다면 책임이 없는 겁니다. 세상에는 정말로 미생물이나 바이러스라든가 유전적인 취약점 같은 게 있거든요. 제 생각에는 이게 이 사회에서는 뭐랄까, 선동적인 관념인 거 같아요. 사람들이 정말로 책임을 질 수 있는 영역들로부터 멀어지게 만들거나 주의를 다른 데로 돌리는 그런 관념 말이에요. 저는 그런 사고방식들이 너무나 반지성적이라는 사실이 인상 깊습니다. 질병의 심리학적 이론들에 가장 크게 영향을 받는 사람들은 대체로 과학을 믿지 않습니다. 에스트가 주창하는 개념 중 하나는 '하지만'이라는 말을 해서는 안 된다는 거예요. '하지만'과 그 비슷한 부류의 접속사를 담론에서 지우고 언제나 긍정의 말만 해야 한다는 거죠. '하지만'이라는 말을 하면 자기 자신을 일종의 매듭으로 묶게 되고 '아님'을 표현하게 된다는 겁니다. 그래서 '반면에, 하지만 한편으로'라는 말을 절대 할 수 없는 방식으로만 이야기를 하게 되는 거예요. 하지만 사고의 본질 그 자체가 바로 '그러나'인걸요…….

콧 'A 아니면 B'도 있죠.

손택 그래요. 아니면 'A도 되지만 B'라든지요. 뭐, 다 그런 것들 말이에요.

콧 이건 출처가 의심스러운 이야기일 수도 있는데, 전에 누군가 자기가 만났던 사람 얘기를 해준 적이 있어요. 그 남자는 'A 아니면 B'라는 구문과 그런 사고방식에 반대한 나머지 자기 자신을 'A이자 B'라고 부르기 시작했다는 거예요!

손택 물론 그런 술수들은 사람들에게 전두엽 수술을 하는 거나 다를 바가 없어요. 저는 그게 본질적으로 사람들로 하여금 더 이기적이고 자기중심적으로 변하게 하고, 오로지 자기 자신의 쾌락만 생각하게 만들고, 다른 사람의 욕구를 악랄하게 짓밟아 뭉개게 만든다고 생각해요. 이게 너 아니면 나의 문제라면 당연히 '나'를 선택할 거 아니겠어요. 제 생각에 이건 그저 사람들에게 자기 삶이 우월하다거나 안전하다는 느낌만을 줄 뿐입니다. 이건 소름 끼치는 단순화죠. 그래서 아까 말한 것처럼 저는 질병에 물리적인 근거가 있다고 가정하고 있어요. 물론 그렇다고 "난 그냥 질병이나 죽음이 실제로 존재한다고 믿지 않아" 하고 말하는 크리스천사이언스 주창자를 설득할 수는 없겠죠. 의학이나 과학이 병의 원인에 대해 설득력 있는 해명을 내놓지 못하거나, 더 중요하게는, 효과적인 치료법을 제공하지 못할 때 이런 관념들이 창궐합니다.
결핵이 특히 흥미로운 이유는, 원인은 1882년에 이미 발견되었지만 치료법은 겨우 1944년에야 나왔기 때문이지요. 환자들을 다 요양원으로 보내고 법석을 떨었지만 전혀 효과가 없었어요.

그래서 결핵에 대한 신화와 판타지 들이 생겨난 겁니다. 『마의 산』에 나오는 것처럼 그저 '유보된 사랑'이라든가 카프카처럼 '사실 그건 내 정신적 질병이 육체적인 요소와 연결되어 생긴 증세다'라든가, 이런 신화와 판타지 들은 결핵으로 죽는 사람이 없어지자 사라지기 시작했죠. 그러니 만일 암의 원인이 밝혀지더라도 치료법을 찾지 못하면 암에 대한 신화는 계속될 겁니다.

콧 선생님 저서에서 결핵의 은유는 극도로 여운이 강하고 의미심장해서 심지어 사람을 죽이고도 남습니다. 예를 들어 선생님께서 지적하시는 점 중에는 그 은유의 낭만화가 이미지로서의 자아를 선전하는 사례라는 얘기가 있지 않습니까. 그래서 소위 '낭만적 고뇌'로 유명한 문학적이고 에로틱한 태도들이 그로부터 파생하고, 질병에 감염된 환자들을 더 '세련되고' 더 창조적이며 심지어 더 패셔너블하게 만들었다고요. 반면 암의 은유는 살인을 저지르고 용서를 받기는커녕 그 자체가 살인이죠.

손택 암은 대단히 거대한 은유예요. 그리고 암이 그렇게 모순되게 적용되지 않는다는 것도 사실이지요. 암은 진정으로 악의 은유고, 뭔가 다른 긍정적인 것의 은유로 쓰이지도 않습니다. 그러나 암은 어마어마한 매혹을 지닌 은유이긴 해요. 그래서 사람들이 정말로 증오하거나 두려워하거나 비난하고자 하는 것에 대해 말할 때면—악의 느낌을 어떻게 표현해야 할지 모르기라도 하는 것처럼 말입니다—은유라는 방식이 가장 활용도 높고, 또 그 재앙, 그 퇴치해야 할 것의 느낌을 가장 매력적으로 표현하는 길이 되는 거죠.

콧 『은유로서의 질병』의 책 표지로 고르신 그 일러스트레이션에 대해서 여쭙고 싶었습니다. 15세기 만테냐 파의 판화로 히드라와 싸우는 헤라클레스를 묘사하고 있지 않습니까. 그리스 신화에서 헤라클레스는 아내와 자식을 살해한 죄과를 씻기 위해 열두 가지 과업을 수행해야만 했습니다. 거기서 두 번째 과업이 머리가 많이 달리고 무서운 독성을 지닌 물뱀을 잡는 것이었습니다. 한 상징적 해석에 따르면 각각의 과업이 천궁의 열두 별자리와 연결되어 있어 태양 영웅으로서 헤라클레스의 정체성을 확실하게 해준다고 하더군요. 그리고 이 해석에 따르면 히드라는 게자리Cancer와 연관이 있습니다. 그걸 읽고 선생님 책 표지를 생각해보면서 굉장히 놀라워서 깊은 감명을 받았습니다.

손택 저 역시 놀랍기 짝이 없는데요, 헤라클레스의 과업이 갖는 상징적 의미에 대해서 전혀 몰랐거든요.
책 표지를 골라야겠다는 마음을 먹고 온갖 이미지를 다 찾아보았어요. 베살리우스(안드레아스 베살리우스의 『인체 해부에 대하여De Humani Corporis Fabrica』. 일곱 권으로 된 16세기 해부학 교과서)와 수많은 의학 프린트물처럼 뻔한 것들부터 시작해 볼로냐의 의학박물관에 전시된 밀랍 해부 모형들의 천연색 사진까지 말이에요. 보고 또 보고 또 봤죠……. 그러다 이 이미지를 보았는데, 그냥 페이지에서 훌쩍 튀어나와 생생하게 다가왔습니다. 그 이미지에 대해 조사도 전혀 하지 않았고 어떤 의미인지 찾아보겠다는 생각조차 떠오르지 않았어요. 헤라클레스의 열두 가지 과업을 묘사하는 그림이라는 사실조차 몰랐네요. 제 선택은 순전히 본능적이고 자의적이었어요. 그냥 그 그림이 내 책의 표지가 될 거라는 사실을 알았던 거죠.

콧　그 그림의 어떤 점에 끌리셨나요?

손택　무엇보다 남성 인물이 기가 막히게 아름다워요. 저는 우리의 반응이 대단히 육감적이고 궁극적으로 동적이라고 생각합니다. 한쪽 어깨가 머리만큼, 아니 그 위로 올라갈 정도로 높이 묘사된 인간의 형상에는 무한히 감동적인 무엇이 있습니다. 그 모습은 믿을 수 없으리만큼 상처받기 쉬우면서 또 열정적이고 강인한 어떤 자질을 표상한다는 생각이 들어요. 머리를 푹 숙이고 한쪽 어깨를 추켜올린 사람의 그림을 볼 때마다 저는 일종의 '통증'을 느껴요. 게다가 망토 하며 그가 입을 벌리고 있는 모습, 또 몸이 원근법 때문에 확 줄어든 형상이 있잖아요. 그 그림 속에서 그는 아주 젊고 거의 잠든 것처럼 보여요……. 그리고 얼굴에는 뭔가 대단히 에로틱한 느낌이 있죠. 절정에

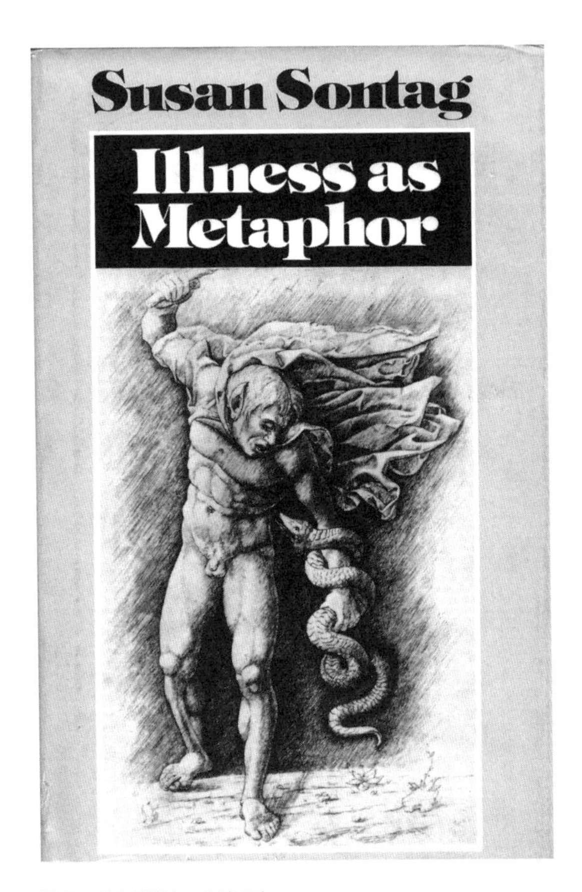

『은유로서의 질병』(1978) 앞표지

다다른 사람의 표정이라고 상상할 수 있을 정도예요. 그리고 눈은 어디를 바라보고 있는지 알 수가 없어요. 심지어 내면을 향하고 있다고 느껴질 정도로요. 성 게오르기우스와 용의 숱한 이미지들 많이 봤잖아요. 항상 그 경직된 전투 자세가 있어요. 성 게오르기우스는 팔을 치켜들고 용에게 칼을 내리꽂기 직전이지요. 그러나 헤라클레스는 이렇게 무기를 치켜들고 있지만 사실상 히드라한테 공격을 받고 있어요. 그래서 그 칼로 미처 내리치기 전에 독사가 그의 옆구리를 물어버릴 것만 같은 느낌이 들죠. 말하자면 이 이미지는 제게 열정의 느낌과 약점을 조합한 거라고 해야 할까요.

콧 선생님께서 본능적으로 책 표지로 선정한 그림이 이처럼 천궁과 연관이 있고 또 상징적으로 헤라클레스가 불멸을 찾아 모험을 하면서 스스로를 해방시킨다는 관념을 내포하고 있다니 흥미롭네요.

손택 이런 면에서 히드라와 관련해 했던 유일한 연상이라면, 암에 대한 이런 관념들이 히드라 같다는 것이었어요. 머리 하나를 자르면 다시 생겨나니까요.

"그냥 x의 참된 의미가 y라고 말하지 말라는 거예요.
그 자체로 정말로 존재하는 사물이니까요"

콧 선생님 말씀을 들으니 롤랑 바르트의 "끊임이 없는 은유"라는 구절이 떠오르는군요.

손택 네. 그리고 말이죠, 『은유로서의 질병』을 끝낼 무렵 뜬금없이 제가 『해석에 반대한다』의 생각들로 돌아가고 있다는 느낌이 들었습니다. 왜냐하면 어떤 의미에서 그 책이 하고 있는 말이 그거였거든요. 질병을 해석하지 말라, 어떤 것을 다른 것으로 만들지 말라. 설명을 하거나 이해하려 노력하지 말라는 뜻은 결코 아니었어요. 그게 아니라, 그냥 x의 참된 의미가 y라고 말하지 말라는 거예요. 그 자체로서의 사물을 저버리지 말라는 거죠. 그 자체로 정말로 존재하는 사물이니까요. 질병은 질병이에요.

그러고 보니 제가 책에서 배제한 한 가지 은유가 있어요. 현대로 들어오면서 결핵에 할당되었던 것들은 갈라졌어요. 긍정적이고 낭만적인 것들은 정신병에 할당되었고 온갖 부정적인 것들은 모두 암의 차지가 되었지요. 그러나 중간적인 은유가 있어요. 결핵만큼이나 흥미로운 경력을 자랑하는 병이죠. 바로 매독이에요. 매독에도 실제로 긍정적인 측면이 있었거든요. 매독은 부정한 성행위를 연상시킨다는 이유로 죄책감의 무게를 짊어져야 했을 뿐 아니라, 크나큰 두려움과 윤리적 설교의 대상이었기 때문이죠. 그리고 매독 역시 정신병과 관련이 있었어요. 매독은 어떤 면에서 결핵과 그 이후의 분리, 즉 한쪽에는 정신병, 다른 한쪽에 암을 놓는 그런 양분을 잇는 잃어버린 사슬이에요.

19세기 후반과 20세기 초반에는, 굉장히 이상하게 행동하면서 발작적으로 황홀경에 빠지는 것처럼 보이는 사람들은—프랑스 단어인 'exalté'가 시사하고 있는 거죠—매독에 걸렸다고 간주되었어요. 부모는 스무 살짜리 아들이 말을 굉장히 빠르게 하거나 불면증에 걸리거나 온갖 아이디어와 환상적인 계획을 세우면서 활동이 왕성해지면 의사에게 보내 매독 검사를 받게 했지요.

콧 오히려 중추신경 자극제 같은데요.

손택 맞아요, 바로 그거예요. 일종의 흥분제였죠. 왜냐하면 그런 류의 행위는 전형적으로 매독 환자가 보이는 증세로 알려져 있었거든요. 토마스 만의 『파우스트 박사』에서 보면 그런 게 나와요. 매독이란 천재가 되기 위해 치러야 하는 대가라는 생각이요. 매독은 한때 결핵에 부여되었던 자질들을 일부 떠맡게 되었어요. 물론 매독은 광기와 고통을 불러오고 결국은 죽음으로 귀결되지만, 처음과 끝 사이에는 뭔가 근사한 일이 벌어진다는 거죠. 머릿속이 폭발해서 일종의 천재성을 발휘하게 되는 거예요. 니체, 모파상, 이런 사람들 모두 매독에 걸려 죽었어요. 그렇지만 그들은 천재성의 일부인 동시에 천재성을 창출하는 고양된 정신 상태를 경험했지요. 그래서 매독 역시 천재의 질병으로서, 완전한 광기에 빠져들기 전 10년 내지 20년에 걸쳐 극도로 강렬하고 열광적인 정신적 활동을 하게 만든다는 측면에서 낭만적인 면모를 지니고 있었어요. 물론 그야 매독 환자라서가 아니라 그들이 원래 천재였기 때문이지만요. 아무튼 암에 관련해서는 전혀 그런 게 없어요.

콧 그러면 백혈병은 어떤가요?

손택 그래요, 백혈병이 암의 은유 중에서는 유일하게 낭만적인 가치들 쪽으로 경도된 부분이죠. 암이 낭만적인 질병이 될 수 있다면, 그건 백혈병이에요.

콧 그 낭만적 아우라에 대해 말하자면, 에릭 시걸의 〈러브 스토리〉나 영화 〈바비 디어필드Bobby Deerfield〉가 떠오르네요.

손택 그래요. 그리고 또 피아니스트 디누 리파티와 브장송에서 1950년에 열렸던 그의 마지막 리사이틀도 생각나요. 그 콘서트의 레코딩은 틀림없이 들어보셨을 텐데요, 부축을 받아 무대에 올라 이 세상 것 같지 않은 연주를 들려주고 두 달 반 후에 세상을 떠났죠. 디누 리파티가 백혈병으로 세상을 떠난 건 파가니니가 결핵으로 사망한 것과 똑같습니다. 파가니니는 말년의 콘서트들에서는 무대에서 피를 줄줄 흘렸어요. 그러니까 맞아요, 백혈병은 암의 낭만적인 양태입니다. 그리고 어쩌면 그건 종양과 연루되지 않은 암이기 때문일 거예요. 핏속에 혹이 생길 수는 없으니까요. 자기 몸 안에서 무언가 자라나고 있다는 그런 느낌이 없거든요……. 그러나 사실은 몸 안에서 뭔가 자라나고 있긴 하죠. 백혈병에 걸리면 평소에 20억에 불과한 백혈구가 90억으로 늘어나니까요. 세포가 증식하지만 종양의 형태를 띠지 않고, 그래서 외과적 수술을 할 수도 없습니다. 그러니까 암의 공포와 연관된 사지 절단이나 신체 훼손이라는 개념이 끼어들지 않는 거죠. 그러니까 네, 아마 『은유로서의 질병』에서 제가 백혈병에 대한 언급을 좀 부족하게 한 것 같네요.

콧 선생님께서는 저서에서 광기의 낭만적 측면을 강조하셨죠. 그러나 지난 몇 년에 걸쳐 그 광기의 독특한 측면이 원래의 화려한 명망을 상당 부분 상실했다는 느낌을 받거든요.

손택 하지만 사실 로널드 랭Ronald David Laing, 1927~1989. 영국의 정신과의사. 임상적으로 관찰한 조현증(정신분열증) 환자의 특성을 바탕으로 조현증에 대한 연구에 큰 기여를 했다의 사상을 수용한 사람들이 다수라고 생각지 않으시나요? 어쨌든 미친 사람은 우리가 모르는 걸 알고 있고 의식의 어떤 극에 다다른다는 생각 말이에요. 최근에 〈뉴욕리뷰오브북스〉에 나이젤 데니스Nigel Dennis, 1912~1989. 영국의 작가·극작가가 기고한 글이 실렸어요. 제가 세상에서 가장 사랑하는 작가 중 한 분이죠. 다섯 살가량의 나디아라는 어린 소녀의 치료에 관한 책(『나디아: 자폐증 소아의 비범한 소묘 능력 사례Nadia: A Case of Extraordinary Drawing Ability in an Autistic Child』)에 대한 리뷰였지요. 나디아는 뛰어난 화가였고—그건 어쨌든 손재주로는 희귀한 거죠—고야처럼 소묘를 할 수 있었어요. 정말 뜬금없이 나타난 천재였고 평범한 어린애였거든요. 하지만 자폐아였죠. 그 책은 그 아이를 치료하던 심리학자들 중 한 사람이, 그 아이를 어떻게 해야 할까 의논을 하던 중에 병을 치료하면 그 재능을 망칠 수밖에 없다는 사실을 깨달은 과정에 대해 쓴 거예요. 결국 의료진은 병을 고쳤지만 아이는 더 이상 그림을 그릴 수 없게 됐지요. 나이젤 데니스는 이 얘기를 하면서—제가 아무리 잘 말해도 도저히 따라갈 수 없는 멋진 글 솜씨로—아이를 미친 상태로 두고 계속 그림을 그리게 하는 쪽을 옹호합니다. 미치는 게 낫다고 하는 사람은 여기 아무도 없지만 그 광기는 자폐증의 기능이라는 게 명백하고, 또 어떤 면에서 고립되어 있어야만 화가로서의 천재를 유지할 수 있는데 그 고립 자체가 광기의 결과죠. 데니스는 묻습니다. 위대한 예술가가 있다는 게 더 중요하지 않은가, 라고요. 그 아이는 이미 위대한 예술가였어요.

쿳 그게 릴케가 한 말이죠. "내 악마들을 빼앗아 가지 말라, 천사들도 함께 떠날 테니까."

손택 그래요, 두 가지가 함께 가기 때문이죠. 이 사례는 자폐증이 있으면서 엄청난 천재를 지닌 경우인데, 한 가지를 빼앗으면 나머지도 없어지게 되어 있어요. 천재가 자폐증에서 비롯한다고 믿고 말고 하는 상황이 아니라, 일단 손을 대기 시작하면 하나를 남겨두고 하나만 없앨 수가 없다는 거죠. 책에서 심리학자는 나디아가 가족과 함께하는 편이 나으리라 판단했다고 말하고 있습니다. 날마다 수천 장의 소묘를 그리느라 너무 바빠서 가족들이 아이를 전혀 어찌할 도리가 없었거든요. 그러나 나이젤 데니스는 혼자가 아니었을 거라고 말해요. 예술가들과 함께했을 테니까요! 그러면서 세계에 위대한 예술가는 극소수라는 의견을 개진하지요.

"전 세상이 주변적인 인간들에게
안전한 곳이 되어야 한다고 봐요"

콧 그건 70년대의 시대정신이 나이젤 데니스가 표현하는 부류의, 60년대에 번창했던 식의 관념들을 부끄럽게 생각하거나 심지어 비하하는 경향이 있었기 때문은 아닐까요?

손택 그 연대 얘기를 좀 해보죠. 왜냐하면 저는 50년대, 60년대, 70년대를 주요 구성물로 만들어버리는 게 좀 끔찍스럽거든요. 그것들은 신화예요. 이제 우리는 80년대를 표상하는 새로운 개념을 창안해야 한단 말이에요. 그래서 저는 사람들이 대체 뭘 또 꾸며내나 호기심을 갖고 지켜보고 있어요. 이렇게 10년씩 끊어서 얘기하는 건 너무나 이데올로기적이에요.

그러니까 60년대에 희망했고 또 시도했던 모든 게 기본적으로 제대로 되지 않았고 또 실현될 수 없는 것이었다는 생각이 깔려 있는 거죠. 하지만 절대 안 될 거라고 누가 그러던가요? 중퇴하는 사람들은 다 어디가 잘못된 거라고 누가 그래요? 전 세상이 주변적인 인간들에게 안전한 곳이 되어야 한다고 봐요. 좋은 사회의 최우선 요건 중 하나는 사람들에게 주변성을 허락하는 거예요. 자칭 공산주의라는 국가들이 그토록 끔찍한 건 그들의 관점이 학교 중퇴자나 주변적인 사람들을 포용할 여유가 없다는 겁니다. 어떤 식으로든, 길바닥에 둘러앉은 사람들이 있을 가능성을 두어야만 해요. 예전에 일어났던 멋진 일 중 하나는 수많은 사람이 주변인이 되기를 선택했고 또 다른 사람들은 크게 개의치 않았다는 겁니다. 제 생각에는 우리가 주변인들과 주변적 의식 상태를 허락해야 할 뿐 아니라 비정상적이고 일탈적인 것 역시 포용해야 한다고 봐요. 전 일탈에 대찬성입니다. 물론 모두 함께 일탈을 저지르는 건 불가능하죠. 대다수의 사람은 어떤 중심적인 존재 양식을 선택해야만 하니까요. 그래도 점점 더 관료주의적이고 획일적이고 억압적이고 권위주의적으로 되어가는 것보다는, 점점 더 많은 사람이 자유를 누릴 수 있도록 허락하는 게 낫지 않나요?

콧 동의합니다. 제가 보기에 1960년대 중반 샌프란시스코의 베이 에어리어에 있었다는 건 제가 상상하는 아폴리네르의 파리나 마야콥스키의 모스크바에 있다는 것과 진배없거든요. 그래서 그 장소와 시간을 체험해볼 수 있었다는 점에서 제가 대단한 행운아라고 생각합니다. 그렇지만 가끔은 더 이상 주변성을 포용할 여유가 없어졌다는 생각이 들어요. 그리고 어쩐지 그 옛날의 기상을 살리고자 애쓰는 건 약간 시대에서 벗어난 밴프나 고아나 이비사 같은 장소들뿐인 것 같아요.

손택 저런, 그래도 아직 '메드'(캘리포니아 주 버클리에 소재한 '카페 메디터레이니엄Caffe Mediterraneum')는 갈 수 있잖아요! 생앙드레데자르 거리에서 그랬던 것처럼 아직도 텔레그래프 애버뉴에는 사람들이 있어요. 제 생각에 변한 건 선생님이신 것 같군요. 이제 10년이나 나이가 드셨고 프리랜서로 수많은 일들에 매여 있으니까요. 그런 대안적 삶의 매력을 떨어뜨리는 데는 일만 한 게 없지요.

저 역시 스스로 주변인이라고 생각지는 않아요. 딱히 길가에 앉아 있거나 마약을 하고 싶은 마음이 들지도 않고요. 저는 지나치리만큼 가만있지 못하는 편인데, 그런 불안을 굳이 진정시키고 싶지도 않아요. 반대로 저는 더 전전긍긍하면서 더 많은 에너지를 갖고 더 많이 움직이고 싶어요. 굳이 주변적이고 싶다면, 엄청나게 많은 일을 시도하면서 그중 하나도 제대로 끝

마치지 못한다는 의미에서 주변적이고 싶네요.(웃음) 하지만 세상만사 다 치사한 쥐새끼들의 경쟁이라고 생각해서 일을 하지 않는다는 의미에서라면 사양이에요. 저도 물론 치사한 경쟁이라는 데 동의하지만, 제 노력의 일부는 그간 해온 일들을 무너뜨리거나 다른 일을 하려고 시도하는 데 들어가고 있다고요. 한 가지가 잘되고 있다는 생각이 들면 더 이상 그건 하고 싶지 않거든요.

70년대가 본질적으로 다른 점은 수많은 사람들이 자신과 같은 생각을 한다는 착각이 없다는 거예요. 그러니까, 사람들은 다들 프리랜서로서 일하는 자신으로 돌아가게 마련이죠. 하지만 저는 제 생각이 바뀐 것 같지는 않아요. 60년대 내내 저는 그 운동과 히피들과 다양한 정치적 사안에서 저와 어깨를 나란히 했던 빛나는 사고력의 소유자들이 보여주는 반지성주의에 경악했거든요. 그들이 얼마나 반지성적인지 도저히 참을 수가 없었어요. 아직도 사람들은 굉장히 반지성적이라고 생각합니다.

콧 60년대에 작가이자 운동가였던 폴 굿맨Paul Goodman, 1911~1972. 미국의 시인·소설가·극작가이 여러 대학에서 강의를 했는데 학생들이 "대학을 모조리 무너뜨리자!"라고 말하고 다녔다던 생각이 나네요. 그래서, 안 됩니다, 여기에는 근사한 것들이 있어요, 우리는 이곳의 자원을 이용해야 합니다, 라고 말했더니 자기를 늙은 꼰대로 보더라고요. 선생님도 굿맨과 같은 생각이셨던 모양이군요.

손택 당연하죠. 프로페셔널리즘에 대한 그 공격들 말이에요, 프로페셔널리즘을 빼고 나면 우리한테 뭐가 남겠어요? 제 말은, 우리가 하는 일을 잘하려고 애쓰고 또 진지하고 만족스러운 작업의 가능성들을 확장하려는 건데요.

콧 전에 누가 해준 얘긴데, 예전에는 선생님께서 책을 하루에 한 권씩 읽으셨다고요.

손택 엄청난 양을 읽었는데, 상당 부분은 무념무상으로 읽었죠. 전 사람들이 TV를 보듯이 책 읽기를 즐겨요. 읽다가 잠들기도 하고요. 우울할 때 책을 한 권 집어 들면 기분이 좋아져요.

"독서는 제게 여흥이고 휴식이고 위로고
내 작은 자살이에요. 내가 모든 걸 잊고
떠날 수 있게 해주는 작은 우주선이에요"

콧 에밀리 디킨슨이 쓴 글처럼 "꽃망울과 책들, 슬픔을 달래주는 이런 위안들"이군요.

파라, 스트라우스 앤 지루 출판사 뉴욕 사무실에서, 1979

손택 그래요. 독서는 제게 여흥이고 휴식이고 위로고 내 작은 자살이에요. 세상이 못 견디겠으면 책을 들고 쪼그려 눕죠. 그건 내가 모든 걸 잊고 떠날 수 있게 해주는 작은 우주선이에요. 그러나 제 독서는 전혀 체계적이지 못해요. 굉장히 빨리 읽는다는 점에서는 아주 운이 좋은 편이죠. 대다수 사람들에 비해 저는 속독가라고 생각되는데, 많이 읽을 수 있다는 점에서는 대단히 유리하지만 어디 한 군데 진드근히 머무르지 않기 때문에 단점도 많아요. 저는 그냥 전부 흡수한 후에 어디선가 숙성되기를 기다리거든요. 그래서 대부분의 사람이 생각하는 것보다 훨씬 무식하답니다. 구조주의나 의미론이 무슨 뜻인지 설명해보라고 하면 아마 말을 못할 거예요. 바르트의 한 문장에서 어떤 이미지를 떠올리거나 느낌을 감지할 수는 있어도 정확히 이해하고 파악하지는 못해요. 그래서 이런저런 관심사를 갖고 있는데, CBGB1973년 힐리 크리스털이 뉴욕의 이스트빌리지에 오픈한 뮤직 클럽으로 펑크록과 뉴웨이브 밴드들의 요람이 되었으며 80년대 이후로는 하드코어 펑크로 유명해졌다에 가기도 하고 그런 다른 일들을 하기도 해요.

저는 진심으로 역사를 믿는데, 그건 사람들이 더 이상 믿지 않게 된 가치죠. 전 우리가 행하고 사유하는 게 역사적인 창조물이라는 걸 알고 있어요. 신봉하는 게 별로 없지만 이건 확실히 진짜 믿음이에요. 우리가 자연스럽다고 여기는 거의 대부분이 역사적으로 뿌리가 있다는 것이고—구체적으로 말해서 18세기 후반과 19세기 초반, 소위 낭만적인 혁명기라고 불리는 시대에 뿌리박고 있다는 거죠—우리는 본질적으로 아직도 여전히 그 시기에 형성된 기대와 정서를 다루고 있단 말입니다. 행복, 개인성, 급진적인 사회변혁 그리고 쾌감 같은 관념들이요. 우리는 특정한 역사적 순간에 탄생한 어휘를 물려받았어요. 그래서 CBGB에서 열리는 패티 스미스의 콘서트에 가면 향유하고 참여하고 감상하고 더 잘 경청하죠. 니체를 읽었으니까요.

콧 혹시 어쩌면 앙토냉 아르토Antonin Artaud, 1896~1948. 프랑스의 시인이자 연극 연출가. 쉬르레알리즘(surrealism)에 동참했으며 1938년 『연극과 그 분신』에서 잔혹극의 기본 이론을 공표했다를 읽었기 때문일지도요.

손택 네, 뭐 그래요. 하지만 그건 뭐랄까, 시간적으로 너무 가까워요. 제가 니체 얘기를 한 건 100년 전에 그가 현대사회에 대해서 말하고 있었고 또 1870년대에 현대의 허무주의를 논하고 있었기 때문이에요. 1970년대에 살아 있었다면 그는 무슨 생각을 했을까요? 1870년대라는 시대는, 지금은 파괴된 너무나 많은 것들이 온전히 존재했던 시기잖아요.

콧 하지만 그게 패티 스미스와 어떻게 이어진다고 보시는지요?

손택 그녀가 말하는 방식, 무대에 올라오는 태도, 그녀가 하려고 애쓰는 것, 그녀가 어떤 부류의 사람인가와 모두 연관이 있지요.

그게 문화적으로 우리가 어떤 존재인가, 그리고 이런 뿌리들을 문화적으로 어디에 두고 있는가 하는 문제의 일환이거든요. 세계를 관찰하는 일과 이런 전자·다매체·다채널의 매클루언적 세계에 주파수를 맞추고 향유할 수 있는 것을 향유하는 일은 전혀 양립 불가능하지 않아요. 전 로큰롤을 사랑합니다. 로큰롤이 제 인생을 바꾸었어요. 제가 바로 그런 사람들 중 하나라고요!(웃음) 로큰롤이 말 그대로 제 인생을 바꿨어요.

콧　어떤 로큰롤이요?

손택　아마 들으면 웃을걸요. 빌 헤일리 앤 더 코메츠Bill Haley and the Comets였어요. 정말로 눈이 번쩍 뜨이고 새 세상이 열리는 경험이었죠. 그때까지 얼마나 대중음악과 단절된 삶을 살았는지 말로 할 수도 없어요. 1940년대에 유년기를 보내며 들은 음악이라고는 크루너1930~40년대에 유행한, 낮게 읊조리는 크룬(croon) 창법으로 노래하는 가수로 빙 크로스비, 프랭크 시나트라 등이 이 계열이다들밖에 없었는데, 아주 질색이었어요. 나한테는 전혀 아무런 의미도 없었죠. 그러다 조니 레이가 〈크라이Cry〉를 부르는 걸 들었어요. 주크박스에서 흘러나오고 있었죠. 그때 제 살갗에 소름이 오소소 돋아났어요. 몇 년 뒤 저는 빌 헤일리 앤 더 코메츠를 발견했고, 그러고 나서 1957년 영국으로 유학을 가서 지하실이며 클럽에서 연주하는 척 베리의 후예들, 초기 영국 밴드들을 듣게

빌 헤일리 앤 더 코메츠

됐지요. 뭐, 솔직히 말하자면 로큰롤 때문에 제가 이혼하게 된 거라 생각해요. 빌 헤일리 앤 더 코메츠 그리고 척 베리 덕에 (웃음) 이혼을 하고 학계를 떠나서 새로운 삶을 시작해야겠다는 결심을 하게 됐거든요.

콧 〈흔들고, 짤랑이고, 구르고Shake, Rattle and Roll〉에 나오는 "그 부엌에서 뛰쳐나와 냄비와 팬을 흔들자 / 자, 난 배가 고프니까 아침 식사를 만들자" 그 대사에 감명을 받으신 건 설마 아니겠죠!

손택 그럴 리가요.(웃음) 가사가 아니라 음악 때문이었어요. 아주 간단하게 말하자면 저는 디오니소스적인 사운드를 들었고, 『바쿠스의 여인들』에우리피데스의 희랍 비극에서처럼 벌떡 일어나서 따라가고 싶어져버린 거예요. 제 말은, 내가 뭘 하고 싶은지는 알 수가 없었어요. 나가서 밴드에 들 생각도 없었고요. 하지만 유명한 릴케의 시 「고대 아폴로의 토르소」 마지막 행 같다는 것만은 알았어요. "그대는 삶을 바꿔야만 한다."
전 그걸 본능적으로, 몸으로 알았어요. 50년대 후반에 저는 철저히 아카데믹한 대학 세계 속에서 살았어요. 뭘 아는 사람이 아무도 없어서 아예 그런 얘기를 하지 않았죠. "이런 음악 들어봤어요?" 그런 말도 꺼내지 않았어요. 내가 아는 사람들은 쇤베르크 이야기를 하고 있었죠. 사람들은 50년대에 대해서 굉장히 바보 같은 얘기들을 많이 하는데, 그 시절에 대해 사실을 말하자면 대중문화의 동향을 주시하는 사람과 고급문화에 속한 사람들 사이에 철저한 단절이 있었다는 거예요. 양쪽 모두에 관심을 가진 사람들을 전 한 번도 만나본 적이 없었는데 전 항상 그랬었거든요. 그래서 이런 관심사를 누구와도 공유할 수가 없어서 혼자 별별 일을 다 했었죠. 그러다가 그 모든 게 달라졌어요. 그게 바로 60년대를 흥미롭게 만들었고요. 하지만 이제 고급문화가 해체되고 있으니 또 한 발짝 물러서서 우와, 잠깐만, 셰익스피어는 그래도 이제까지 살았던 가장 위대한 작가야, 그건 잊지 말자고, 이렇게 말하고 싶어지는 거예요.

"누가 제게 로큰롤을 좋아하느냐고 물으면 전 로큰롤을 '사랑한다'고 말합니다"

콧 선생님께서는 "구제 불능의 탐미주의자"인 동시에 "강박적인 도덕주의자"였다고 하셨는데요. 그런데 선생님의 도덕주의자적인 면모를 모르는 사람들이 아주 많은 것 같습니다. 레니 리펜슈탈과 파시스트 예술의 본질에 대한 에세이에서 선생님은 이렇게 쓰셨지요. "리펜슈탈의 영화가 표현하고 있는 갈망들의 낭만적 이상은 청춘/록 문화, 일차적 치료primal therapy. 원초적 감정을 표출하여 격렬한 카타르시스를 느끼게 하는 심리 치료 방법, 랭의 반심리학, 제3제국 캠프 추종자들, 나아가 영적 멘토와 오컬트에 대한 믿음에서 잘 드러난다." 대단히 광범한 영역들을 다루고 있다고 생각되는데, 다른 맥락에서는 또 그러한 낭만적 이상의 많은 면면들에 공감을 표하신 것 같기도 하거든요.

손택 불교가 인류에게 영적으로 가장 절정의 순간이라는 주장은 굉장히 설득력이 있어 보입니다. 저한테는 로큰롤이 이제까지의 대중음악에서 가장 위대한 운동이라는 건 자명한 사실이거든요. 누가 제게 로큰롤을 좋아하느냐고 물으면 전 로큰롤을 '사랑한다'고 말합니다. 아니면 불교가 인간성의 초절과 심오함에서 경이로운 순간을 창출했다고 믿느냐 묻는다면 역시 네, 라고 대답할 겁니다. 하지만 불교에 대한 관심이 우리 사회에서 일어나는 방식을 논하는 건 또 다른 문제예요. 음악으로서 펑크록을 듣는 것과 그 음악에 배어든 온갖 SM-시체성애-그랑기뇰 공포와 선정성을 강조한 단막극-〈살아 있는 시체들의 밤〉1968년 미국 영화감독 조지 로메로가 연출한 최초의 본격 좀비 영화-〈텍사스 전기톱 연쇄살인사건〉1974년 토브 후퍼가 제작, 감독, 각본, 음악을 모두 혼자서 맡아 촬영한 저예산 슬래셔 호러 영화. 컬트영화의 클래식이 되었다식 감수성을 이해하는 건 전혀 별개의 문제죠. 한편으로 문화적 상황과 그로부터 사람들이 도출하는 충동들을 말하면서 또 한편으로는 그 실체가 무엇인가를 얘기하는 거죠. 전 그게 모순이라고 생각지 않아요. 저는 당연히 절대 로큰롤을 포기하지 않을 거예요. 애들이 뱀파이어 분장을 하고 돌아다니거나 철십자를 달고 다닌다고 해서 이 음악이 하등 쓸모가 없다고 말할 생각은 없어요. 그런 꽉 막히고 보수적인 판단이 요즘 너무나 기세등등하거든요. 물론 이런 판단을 내리는 사람들은 그 음악에 대해 아무것도 모르고 매력을 느끼지도 않거니와 본능적으로 육감적으로 성적으로 감흥을 느낀 적도 없기 때문에 쉽게 그런 소리들을 하죠. 캘리포니아나 하와이에서 불교가 변질되었다고 해서 불교에 대한 숭모의 마음을 접을 생각이 없는 거나 마찬가지인 거예요. 모든 건 늘 오용되게 마련이고, 그러고 나면 또 사람들은 얽히고설킨 것들을 풀려고 애쓰게 되어 있어요.

사실 탐욕스럽게 퍼져 나가는 파시즘적 문화 충동이라는 게 저도 있다고 봅니다. 전통적인 사례를 들자면, 현대 대중문화에서 우리가 활용하는 모든 사례에 앞서는 전례가 있죠. 바로 니체입니다. 니체는 정말로 나치즘에 영감을 주었고, 그의 저작들에는 나치 이데올로기를 예시하고 지지하는 것처럼 보이는 내용들이 실제로 있어요.

그렇다고 해서 저는 니체를 전부 포기할 수는 없습니다. 언제든 그런 방식으로 발전될 수 있는 사상이라는 걸 부정할 생각도 없지만요.

콧 파시즘적 감수성이라는 게 존재한다고 말씀하시는 건가요?

손택 네, 파시즘적 감수성은 존재하고, 이는 아주 수많은 다른 것들에 접속할 수 있어요. 들어보세요. 상당히 일찍부터 저는 신좌파The New Left, 1950년대 미국과 영국에서 진보적인 사회주의에 관심을 가지고 있던 지식인의 집단 운동의 여러 활동들에 그런 감수성이 있다는 걸 의식하고 있었습니다. 그건 아주 심란한 일이 아닐 수 없었고, 그래서 60년대 후반이나 70년대 초반에는 공공연하게 언성 높여 할 수 없는 이야기이기도 했지요. 그때는 주된 노력이 베트남에서 미국의 참전을 저지하는 데 집중되어야 했으니까요. 그러나 신좌익의 많은 활동들이 민주적 사회주의와는 상당한 거리가 있고 뼛속 깊이 반지성주의적이라는 사실은 명백합니다. 반지성주의를 저는 파시즘적 충동의 일환이라고 봐요. 반문화적이고, 반감과 야만성으로 충만하며 일종의 허무주의를 투영하니까요. 파시즘의 레토릭에는 신좌익이 하는 말과 유사한 지점들이 있습니다. 물론 그렇다고 해서 신좌파가 파시스트라는 말은 아니에요. 그런 말은 온갖 보수주의자들과 반동주의자들이나 대놓고 할 얘기죠. 그러나 이 모든 일이 단지 목적이 아니라 과정이라는 사실에는 촉각을 곤두세우고 있어야만 해요. 지독하게 복잡하다는 건 우리가 처한 상황의 인간적 본질이니까요. 모든 것에는 상충되는 충동들이 있고, 우리는 계속 모순적인 것에 주의를 기울이며 이런 것들을 정리하고 파악하고 정화하고자 노력을 해야 하는 것이죠.

콧 아까 SM-시체성애의 감수성 얘기를 하실 때, 저는 논란이 되었던 선생님의 에세이 「포르노그래피적 상상력The Pornographic Imagination」이 떠올랐습니다. 선생님께서는 위험을 무릅쓰고 그런 감수성과 상상력을 탐구하셨지요. 그러나 그 에세이에서, 선생님께서는 극단적 형태의 성적 경험이 지닌 본질에 관해 상당히 논쟁적인 주장을 하셨던 것 같은데요. 솔직히 고백하자면 저는, 아마도 나이브해서 그런지, 정신분석학자 빌헬름 라이히의 생각에 동의하는 편입니다. 피학적이고 가학적인 충동들은 육체적인 면에 뿌리를 두고 있으며 성격적인 무장을 통한 보호와 생물 에너지의 안정상태의 기능이라는 것이지요. 그러나 선생님께서는 에세이에서 "아무리 길들여졌다 해도 섹슈얼리티는 인간 의식에서 어두운 마의 기운으로 남아 있으며, 간헐적으로 우리를 금제와 위험한 욕망들로 몰아붙이는데, 이는 돌발적이고 작위적인 폭력을 다른 사람에게 행사하는 것부터 의식의 멸절, 즉 죽음 자체에 대한 관능적인 갈망까지 포괄한다"라고 쓰셨어요.

손택 있잖아요, 저는 라이히의 사상 중에 딱 하나가 심리학과 심리치료에 기가 막힌 공헌을 했다고 생각하는데요, 그건 바로 성격 무장이라는 개념과, 감정이 체내에서 성충동에 대한 반감antisexuality과 경직rigidity으로 축적된다는 생각이에요. 그 점에 있어서는 라이히의 생각이 절대적으로 옳습니다. 그러나 사실 저는 그가 인간 본성의 악마적 힘을 제대로 파악하지 못했다고 생각하고, 섹슈얼리티를 그저 막연히 멋진 것으로만 상정했다고 봐요. 물론 그럴 수도 있지만, 성은 언제나 매우 어두운 곳이고 악마성이 공연을 하는 극장입니다.

콧 선생님은 에세이 「매혹적인 파시즘」에서 SM 연극의 마스터 시나리오에 대해 깜짝 놀랄 만한 공식을 제시하고 계세요. "색채는 검은색, 소재는 가죽, 유혹은 아름다움, 정당성은 정직, 목표는 황홀경, 판타지는 죽음이다." 제가 이걸 깊이 이해하지 못하는 건 아마도 이렇게 손짓하는 지옥의 문을 아직 통과해보지 못해서겠죠.

손택 저 역시 그런 사람이 아니기 때문에 깊이 이해하지는 못해요. 그러나 선생님보다 좀 더 잘 이해한다면 다만 그런 게 사실이라는 걸 알고, 사람들이 성을 단순히 쾌락—최대한 바람직한 의미로 신체 접촉, 사랑 그리고 육감성—으로만 보는 관념을 계속해서 견지하는 이유가 섹슈얼리티의 본질 끝까지 가보지 않았기 때문이라는 사실을 알기 때문이겠지요. 물론 끝까지 가선 안 될 일이겠지만요. 불을 갖고 장난하는 거나 마찬가지니까요. 만일 끝까지 가게 되면, 제 생각에 섹슈얼리티는 상상한 것보다 훨씬 더 어마어마하고 무정부주의적인 것이 될 겁니다. 그래서 인간 역사를 통틀어 성이 그토록 많은 규제를 받아왔던 거겠죠. 제 생각에는 어째서 이런 억압의 문제가 있어왔는지 사람들이 잘 이해를 못하는 것 같아요. 저는 관점을 거꾸로 돌려서, 대부분의 사회가 상당 수준 성을 억압했던 이유는, 사람들이 실제로 성이 얼마나 통제 불능으로 치달아 완전히 파괴적으로 변할 수 있는지 잘 이해하고 있었기 때문이라고 봐요.

"인간의 성은 어딘가 잘못된 데가 있어요.
그게 말이죠, 우리는 동물이 아니거든요.
그런데 동물의 성은 전혀 잘못된 데가 없어요."

콧 그런 시각에서 보면 제가 좋아하는 윌리엄 블레이크의 시행 두 줄을 떠올리지 않을 수가 없네요. "이를 고려하라, 오 필멸의 인간이여, 오 예순 번의 겨울을 지내는 벌레여 / 성적인 편제를 고려하라 그리고 흙 속에 몸을 숨겨라."

손택 그래요, 인간의 성은 어딘가 잘못된 데가 있어요.(웃음) 그게 말이죠, 우리는 동물이 아니거든요. 그런데 동물의 성은 전혀 잘못된 데가 없어요. 하지만 한편으로는 끔찍하기도 하죠. 왜냐하면 순전히 육체적이고 대체로는 암컷에게 너무나 극단적으로 불쾌하거든요. 예를 들어 가족생활 비슷한 걸 영위하면서 일부일처제를 지키는 경향이 있는 늑대 같은 일부 종을 제외한다면, 일반적으로는 완전히 제정신이 아닌 단속적이고 절연된 행위로서, 아까 제가 말했던 것처럼, 암컷에게 몹시 우호적이지 않고 정말로 재생산의 충동 이상도 이하도 아닌 것으로 보인단 말이에요. 그러나 인간의 성은 전적으로 다른데, 그렇다고 썩 잘 돌아가지도 않았단 말이에요. 사실 언젠가 저는 인간의 성적 능력이 잘못 설계되어 있다고 한 적이 있어요. 제 말은, 성을 다른 차원으로 옮겨서 심리학적이고 감정적인 무엇으로 만들려 해봤자 잘되지 않는단 거예요. 그런 게 가능하려면 성이 제어되거나 어떤 식으로든 금제되어야 하거든요. 오시마 나기사 감독의 〈감각의 제국〉이라는 영화를 보셨나요?

콧 봤습니다. 유감스럽게도 도저히 잊을 수 없을 것 같네요. 무슨 수를 쓴대도 그 영화의 엔딩을 잊을 수는 없을 겁니다. 섹스를 하는 도중에 여자가 남자의 목을 조르고 그의 페니스를 잘라 그 피로 자기 가슴에 "우리 두 사람 영원히"라는 글씨를 쓰죠.

손택 있잖아요, 저는 오시마가 옳다고 생각해요. 그게 진정성 있는 경험이라고 생각해요. 다행히도 극소수의 사람들만 겪게 되지만요. 그러나 이건 브레이크가 더 이상 듣지 않게 되었을 때 실제로 어떤 일이 일어나는지를 완벽하게 보여주는 묘사예요. 그들은 끝까지 간 거고, 그 끝은 죽음이죠.

콧 빌헬름 라이히는 파시즘이 이런 부류의 파괴적 충동을 장악했을 때 어떤 일이 일어나는지에 대해 쓰면서 선생님과는 좀 다르게 성에 대한 견해를 피력하는 것 같았어요. 그는 파시즘을, 억압된 성적 충동의 좌절을 착취하는 것으로 보고 있었죠. 반면 제가 보기에 선생님께서는 성이라는 인간의 유기적 체제가 뿌리까지 썩었기 때문에 파시즘이 그걸 수월하게 착취할 수 있다고 보실 것 같거든요. 그러나 라이히는 성이 착취당하는 이유가 성은 건강하나 단지 건전한 방법으로 표출되는 방법을 찾지 못하기 때문이라고 주장할 것 같아요. 제가 무슨 말을 하는지 아시겠어요?

손택 뭐, 전 그것도 사실이라고 생각해요. 전 아주 쾌락적이고 육감적이지만 파괴적이지 않고 피학적이지도 가학적이지도 않은 성생활을 누리는 사람들을 알고 있어요. 그런 건 가능하지 않다는 말을 하려는 게 절대 아닙니다. 솔직히, 그건 가능할 뿐 아니라 바람직한 일이죠. 다만 그럴 수 있는 사람들은 절대 극한까지 밀어붙이지 않는다는 뜻이에요. 아까도 말했지만 그래서도 안 되고요. 그러나 파시즘이 일차적으로 성적 억압에서 나온다는 라이히의 견해에는 동의하지 않아요. 비록 사람들을 매혹할 수 있는 아주 강력한 성적 레토릭을 갖고 있었던 건 사실이지만요.

콧 나치 기장의 유행은 개인성의 자각을 긍정해서가 아니라 "성 선택의 자유를 억압"하기 때문에 생겨나며, 또한 "참을 수 없을 정도로 강해진 개인성"에 대한 반응이라고 언젠가 몹시 흥미진진한 통찰을 하셨던 적이 있죠.

손택 그래요. 저는 그걸 펑크 현상까지 확대 적용하고 싶어요. 그렇지만 내가 그런 콘서트에 가는 걸 좋아한다는 것을 아는 사람들은 항상 날 보고 어떻게 그럴 수가 있느냐고 해요. 특히 나치 기장 때문에 그렇죠. 그러나 이건 파시즘의 재탄생이 아니라 오히려 허무주의적 맥락에서 강력한 센세이션을 바라는 욕구의 표현이라고 봐요. 우리 사회는 허무주의에 토대하고 있어요. 텔레비전은 허무주의죠. 제 말은, 허무주의는 무슨 아방가르드 예술가들이나 하는 모더니스트의 발명품이 아니에요. 허무주의는 우리 문화의 가장 핵심에 자리하고 있는 겁니다.

콧 우리가 아까 선생님께서 『은유로서의 질병』의 표지로 고르신 헤라클레스와 히드라의 그림 이야기를 하지 않았습니까. 그런데 또 『사진에 관하여』의 앞면·뒷면 표지로 쓰신 사진과 석판화에 대해서도 여쭤보고 싶습니다. 뒤표지는 19세기 프랑스 사진작가 펠릭스 나다르Félix Nadar, 1820~1910가 열기구에서 몸을 내밀고 발밑에 펼쳐진 파리 시의 항공사진을 찍는 모습을 그린 오노레 도미에Honoré Daumier, 1808~1879의 카툰입니다. 이 카툰은 선생님께서 묘사하신 객관적 기록자로서의 사진가의 역할에 대한 훌륭한 예시지요. '잠재적으로 세계의 모든 것을 가능한 모든 앵글에서 기록하는 것' 말입니다.

손택 당연한 얘기지만 이때는 비행기가 나오기 전이라는 걸 잊지 마세요. 그리고 열기구마저도 여전히 몹시 희귀한 운송 수단이었지요. 그러니까 이건 신의 눈으로 보는 풍경이고, 상당히 위험해 보입니다. 나다르는 정말로 열기구 밖으로 추락할 것 같은 모습이고, 그래서 보는 사람으로 하여금 그의 위치가 얼마나 위험천만한지를 실감하게 하지요. 쭈그리고 앉아 있어도 될 텐데 말이에요. 그리고 실제로 열기구를 타고 올라갔을 때는 아마 신체 대부분이 바구니의 테두리 밑에 위치해 있었을 거예요. 그렇지만 그 이미지에서 가장 두드러지고 인상적인 것은 파리가—세계가—재현된 방식입니다. 건물마다 '사진'이라는 단어가 쓰여 있어요. 그러니까 사진작가가 사진의 사진을 찍고 있는 거죠!

앞표지에는 다게레오타입1839년 프랑스의 다게르(Louis Jacques Mandé Daguerre, 1787~1851)가 발명한 초기의 사진 처리 과정의 한 방식. 잘 닦인 은판 표면에 포지티브 이미지를 만들어내는 방식으로 '은판사진'이라고도 불린다의 사진이 실려 있어요. 이 이미지는 두 사람이 또 다른 다게레오타입을 들고 있는 모습을 보여주죠. 도미에의 석판화에서는 사진사가 무언가로 변화한 세계의 사진을 찍고 있습니다. 무엇일까요? 바로 사진이죠. 그래서 뒤표지의 석판화와 앞표지의 사진은 모두 자기 자신으로 돌아오는 사진의 재귀적 본질에 대해

『사진에 관하여』(1977) 뒤표지에 실린 오노레 도미에의 그림

이미지의 형태로 암시하거나 시사하고 있습니다.

콧 그 표지 사진과 관련해서 “예술은 현재 속에서 과거가 가장 일반화된 상태다. 과거가 된다는 건 어떤 면에서 예술이 된다는 것이다”라던 선생님 말씀이 떠오르는군요. 게다가 또 어떻게 과거 그 자체가 사진에 예술적 차원을 부여하는지에 대해서도 말씀하셨지요. 이 앞표지 사진을 읽다 보면 다게레오타입을 들고 뭔가 이미 과거가 되어버린 것에 대해 몹시 우울하게 향수에 젖어 있는 한 남자가 보입니다. 반면 그 옆에 있는 여자는 곧장 카메라를 통해 미래를 들여다보고 있지요. 정말 의미심장하고 오래도록 잊을 수 없는 이미지입니다.

손택 바로 그거예요. 이 소재를 연구하면서 헤아릴 수도 없이 많은 사진을 봤는데 어떤 책을 훑어보다가 이 사진을 보고, 바로 저게 『사진에 관하여』의 표지야, 라고 말했어요. 그냥 눈에 확 들어오더라고요. 그리고 책의 주제를 캡슐 형태로 축약해서 너무나 많이 담고 있다는 걸 알았어요. 그 이미지는 너무나 풍부하지요. 이 두 사람이 얼마나 다른지, 저도 그 차이에 당장 깊은 인상을 받았지요. 지적하신 대로 이처럼 우울한 표정을 한 남자는 실제로 다게레오타입 사진을 꼭 쥐고 있고 여자는 오른손을 액자에 얹고 있거든요. 그녀가 정말로 그 사진을 잡고 있다는 느낌은 들지 않아요. 그냥 포즈를 취하라고 하니까 구색을 맞추기 위해서 그와 함께하고 있는 거죠. 그리고 사진에 애착을 덜 느끼니까 밖을 내다볼 수 있는 거예요. 그가 정말로 다게레오타입 사진을 자기 머리에 아주 가까이 들고 있기 때문에 그는 사진과 훨씬 더 깊은 관계를 맺게 되고, 여자처럼 바깥을 내다볼 수 없게 되는 거죠. 그래서 저 역시 서로 다른 두 얼굴 표정 속에서 차이가 보여요. 어째서 사람들이 두 사람을 커플이라고 생각하는지 모르겠어요. 남매일 수도 있을 것 같거든요. 그리고 다게레오타입에 찍히는 사람들은 부모님이고요.

콧 아까는 제가 그 사진에 대해 너무 많은 의미를 '읽어내고' 있는지도 모른다고 생각했어요. 시각적 현상에 문학적 표현을 활용해서요.

손택 글쎄요, 제 생각에는 사진들을 '읽는다'는 말을 우리가 너무 하는 것 같아요. 역시 그건 '은유'고, 사진을 읽는다는 개념은 그와 연루해 따라오는 의미 부담이 몹시 크죠. 그러나 사진들이 소정의 주의를 기울일 때 보람으로 보상을 받을 수 있고 점점 더 많은 것이 보인다는 건 사실입니다. 전에도 살펴보았던 사진들인데 갑자기 예전에 못 본 것들이 보이는 경우도 있거든요. 눈이 모든 걸 흡수한다는 의미에서는 전에도 본 적이 있지만, 집중을 하지 않았기 때문에 제대로 보지 못했다는 거죠.

『사진에 관하여』 앞표지

"'산다'는 건 일종의 공격이에요.
타인이 점유할 수 없는 공간을 점유하고 걸을 때마다
식물군, 동물군, 작은 생물들을 짓밟게 되죠"

콧 책에서 선생님은 사진의 본질과 주된 특성들에 대해 말씀하실 때 '다형적' '다의적' '다원론적' '증식하는' '분리하는'을 비롯해 '소비적'이라는 표현을 쓰셨고, 또한 세계를 보는 사치스럽고 낭비벽이 심하고 불안한 세계관과 동일시하시지요. 반복해서 선생님은 사진에 관해 다음과 같은 동사들을 활용하십니다. '전유하다' '포장하다' '소유하다' '식민지화하다' '생색을 내다' '감옥에 가두다' '소비하다' '수집하다' '공격하다'.

손택 그렇습니다. 하지만 다른 표현들도 많이 썼어요. '매혹하다' '뇌리에서 지워지지 않다' '황홀케 하다' '영감을 주다' '기쁨을 주다'라든가. 그러나 특히 아까 말씀하신 '공격하다'로 돌아가 보고 싶네요. 그걸 굳이 짚어낸 사람들이 많이 있었거든요. 제게는 무언가 공격적이라는 게, 그 자체로 본질적으로 나쁘다는 게 아닙니다. 아마 그런 생각이 이미 이해를 받았다고 생각했는지 모르겠어요. 물론 이제는 '공격'이라는 말이, 몹시 위선적이지만, 사람들에 의해 아주 나쁜 뜻으로 변했다는 걸 알겠어요. 제가 위선적이라고 말하는 건, 이 사회가 자연과 온갖 존재의 질서에 대해 어마어마한 규모로 공격을 감행하고 있기 때문이에요. 제 말은 '산다'는 건 일종의 공격이에요. 세계 안에서 움직이다 보면 온갖 차원에서 공격과 연루되지 않을 수 없습니다. 타인이 점유할 수 없는 공간을 점유하고 걸을 때마다 식물군, 동물군, 작은 생물들을 짓밟게 되죠. 그러니까 삶의 리듬의 일환으로서 '정상적'인 공격이라는 게 있다는 거죠. 제 생각에는 현대에 고유한 형태의 공격성이 특히 '고조'되는 측면이 카메라의 활용으로 상징되는 것 같아요. 누군가에게 다가가서, 잠깐 가만히 있어 봐요, 하고 그 사람의 사진을 찍을 때처럼 말이지요. 이런 식의 전유를 사람들이 지극히 정상적이고 바람직하다고 느끼는 건 카메라를 들고 있기 때문입니다. 그리고 무언가를 보고 집에 가져가고 싶다고 느끼면 사진의 형태로 가지고 갑니다. 세계를 수집하는 것이지요. 그러나 전유와 수집과 공격성을 처음 도입한 것이 사진이라거나, 사진이 없으면 이런 것들이 세계에 존재하지 않았을 거라는 말로 이해하지는 않으셨으면 좋겠네요. 그런 말이 아닌데 가끔은 '그런 식으로' 이해하는 사람들이 있다는 느낌을 받을 때가 있어서요.

콧 그렇지만 선생님께서는 실제로 사진을 특정한 부류의 소비사회와 동일시하고 계시지 않습니까?

손택 아, 그럼요. 물론이에요.

콧 선생님의 책 『나, 그리고 그 밖의 것들』에 수록된 「중국 여행 프로젝트」에서 이런 말을 하셨습니다. "여행은 축재. 아무리 좋은 의도라도, 영혼, 모든 영혼의 식민지화"라고요. 그리고 또 다른 단편 「안내 없는 여행」에서는 "나는 이미 알고 있는 것보다 더 많이 알고 싶지 않고, 이미 갖고 있는 애정보다 더 많은 애착을 (유명한 관광 명소들에) 갖게 되고 싶지도 않다"라고 단언하셨습니다. 에세이 「침묵의 미학The Aesthetics of Silence」에서는 "효험이 있는 예술 작품은 침묵을 여운으로 남긴다"라고 쓰셨죠. 그리고 유명한 에세이 「해석에 반대한다」에서는 이런 발언을 하고 계십니다. "해석은 세계를 빈곤하게 하고 갈취한다. 바꿔 말해 '의미'라는 유령 세계를 건설하는 일이다. 세계를 이 유령 세계로 뒤바꾸는 것이다……. 세계, 우리의 세계는 이미 충분히 고갈되고 빈곤해졌다. 복제품들은 모조리 꺼져라, 그리하여 우리가 다시금 우리에게 있는 것들을 더 즉각적으로 경험할 수 있도록." 선생님은 저작에서 일관되게 같은 말씀을 전하고 계시는 것 같습니다.

손택 그래요, 같은 얘기예요. 여기저기 다 나오죠. 하지만 이 얘기는 해야겠는데, 몰랐던 게 있어요. 글을 쓰기 시작할 때부터 같은 말을 해왔다는 건 전혀 몰랐어요. 정말 놀라운 일인데, 그래도 머릿속의 소재가 어떻게 될까 봐 너무 깊이 생각하고 싶지는 않아요. 제가 하는 작업의 대부분은, 사람들 생각과 달리, 너무나 육감적이고 즉흥적이거든요. 남들이 상상하는 것처럼 그렇게 두뇌를 써서 계산적으로 하는 일이 아니에요. 그저 본능과 육감을 따라갈 뿐이죠. 보세요, 전 항상 제 에세이와 소설이 아주 다른 테마를 다룬다고 여겼고, 그 두 가지가 전혀 다른 활동이라고 생각해서 이중의 부담을 지고 있다는 데 짜증을 내기도 했죠. 에세이와 픽션이 얼마나 동일한 테마를 공유하고 있는지, 얼마나 똑같은 주장 또는 비非주장을 하고 있는지 그 실상을 깨달은 건 불과 얼마 전의 일이에요. 그것도 어쩔 수 없이 주목하게 되어서 알게 된 거죠. 그 모든 작업들이 얼마나 통합적인지 깨닫게 되니 무섭기까지 하던걸요.

콧 프랑스 영화평론가 앙드레 바쟁은 "우리 눈이 세계에 덧씌워 놓은 영적인 흙먼지와 때"가 사진으로 인하여 벌거벗겨질 거라고 믿었어요.

손택 물론이죠. 저도 『사진에 관하여』의 네 번째 에세이「시각의 영웅주의」를 말한다에서 그 얘기를 해요. 사진이 새로운 눈을 주고 시각을 정화한다는 생각 말이에요.

콧 그리고 이 생각은 부담을 내려놓고 해방된다는 생각과 이어지죠.

손택 해방의 다양한 개념들에 대한 생각이 아마 제 소설 『은인The Benefactor』에서부터 시작되는 제 작업에서 중심적이라고 볼 수 있을 거예요. 그러니까 그건 결국 일종의 캉디드온갖 사회 부조리를 겪는 낙천주의적 주인공을 내세운, 프랑스 소설가 볼테르의 철학소설. 캉디드(Candide)는 프랑스어로 순진하고 세상 물정을 모른다는 뜻이며 소설의 제목이자 주인공의 이름이다 같은 사람에 대한 아이러니하고 코믹한 이야기지요. 이 캉디드 같은 인간은 모든 가능한 세계들 가운데서 최선을 찾아가는 대신 어떤 명료한 의식 상태, 즉 자신이 제대로 구속에서 해방될 수 있는 길을 모색합니다. 이 괴짜 화자는 반은 진지하지만 반은 코믹하기도 하죠. 『은인』에도 역시 사진에 관한 얘기들이 있다는 게 눈에 들어오네요.

콧 『사진에 관하여』에서 선생님께서는 이런 말씀도 하셨어요. "사진은 불명확할 수밖에 없는 자아와 세계의 관계를 보여주는 범례다." 그리고 "사진에 대한 모든 미학적 평가의 핵심에는 일말의 모호성이 자리하고 있다"고도 하셨지요. 선생님께서 언급하시는 모호성의 사례를 몇 가지 적어 왔는데, 사실 굉장히 긴 목록이더군요. 제국주의와 민주화 사이의 모호성도 있고, 의식을 마비시키는 것과 흥분시키는 것 사이의 모호성도 있으며, 경험을 공인하거나 고민하는 일 사이의 모호성도 있고, 급진적인 비판과 안이한 아이러니, 리얼리티와 이미지 간의 모호성도 있습니다. 그러니까 『사진에 관하여』에서 선생님은 사실 일군의 두드러진 구조적 관계들을 공식화하셨던 거죠.

손택 그렇지만 바로 그게 제가 하고 싶었던 작업인걸요. 난 사진들을 사랑해요. 사진을 찍지는 않지만 보고, 사랑하고, 수집하고, 또 사진에 매료됩니다……. 아주 오래전부터 뜨거운 애정을 품고 향유했던 관심사지요. 사진에 대해 글을 쓰는 작업에 흥미를 갖게 된 건 사진이 이 사회의 모든 복잡성과 모순과 모호성 들을 투영하는 중심적 활동이라는 걸 깨달았기 때문입니다. 이런 모호성이나 모순이나 복잡성은 사진의 본질이며 또한 우리가 사유하는 방식이기도 하죠. 제게 흥미로웠던 점은 이 활동, 그러니까 사진을 찍고 보는 활동이 그 모든 모순을 아우르고 있다는 겁니다. 그 모든 모순과 모호성 들이 그렇게 깊숙이 박혀 있는 다른 활동은 생각조차 나지 않아요. 그래서 『사진에 관하여』는 20세기에 선진 산업 소비사회에 산다는 것이 어떤 의미를 갖는지에 대한 한 가지 사례연구인 셈이죠.

"『사진에 관하여』는 사진작가라면
절대로 쓸 수 없었을 책이에요"

콧 이런 주제에는 딱히 관심이 없어 보이는 사진작가들도 있던데요. 일부는 심지어 가만있는데 시비를 걸어온다고 느끼는 모양입니다. 안 그런가요?

손택 글쎄요, 『사진에 관하여』는 사진작가라면 절대로 쓸 수 없었을 책이에요. 그러나 모든 사진작가가 이 책에 나오는 대부분의 내용을 알고 있을 거라고 생각해요. 아직 공식화하지 못했거나 그런 얘기를 하는 데 흥미를 느끼지 못했을 뿐이지요. 그러나 앙리 카르티에 브레송이나 리처드 애버던과 얘기해보면 그 모든 걸 의식하고 있어요. 어쩌다 보니 제가 알고 지내는 사진작가가 그 두 분이거든요. 물론 그런 글을 쓰지는 않겠지요. 원래 그런 일을 하는 사람들이 아니니까요. 어떤 사람들은 나한테 글쎄요, 당신은 사진작가가 아니잖습니까, 라고 말하거든요. 바로 그거예요. 요는, 사진작가가 아니라서 그 활동 자체에 연루되지 않은 사람만이 이 책을 쓸 수 있었을 거라는 사실이죠. 사진을 보고 쾌감을 얻는다는 점에서 물론 저도 무관한 사람은 아니지만, 사진까지 찍었다면 『사진에 관하여』는 절대 쓰지 못했을 겁니다.

콧 책에서 "사진의 세계는 스틸 사진이 영화와 부정확한 관계를 맺듯이 현실 세계와 부정확한 관계를 맺을 수밖에 없다. 삶에서는 플래시 조명을 받아 영원히 고정된 세세한 디테일들이 낱낱이 의미를 갖지는 않는다. 그렇지만 사진에서는 그렇다"라고 하셨지요. 언젠가 책에서 읽었는데 마야인들은 '작은 섬광(플래시)'이라는 의미를 갖는 단어를 지혜라는 뜻으로 썼다고 해요. 그리고 신비주의자들은 섬광처럼 빛나는 통찰이나 계몽을 논하곤 하죠. 비평가인 조지 스타이너George Steiner, 1929~. 프랑스 태생의 미국 작가 겸 문학비평가도 니체나 비트겐슈타인 같은 작가들이 활용한 문학적 파편fragment이 전하는 섬광 같은 통찰에 대한 글을 쓴 적이 있어요. 그리고 "그 즉시성이 던져주는 번개 같은 확실성과 그런 즉시성이 당연히 미완으로 남을 수밖에 없다는 사실" 모두를 적시하고 비판적 통찰 과정에서의 그 중요성을 역설했습니다.

손택 일단 그것들은 실제로 일어나는 일과 차원이 아주 다릅니다. 제가 생각하기에는 결코 파편이 아닌 섬광들이 있거든요. 현현은 파편이 아닙니다. 오르가슴은 파편이 아니에요. 시간적인 제한이 있으면서도 특출하게 강렬해서, 전혀 다른 차원으로 의식을 변화시키거나 예전에 접해보지 못했던 체험을 접하게 해주는 그런 것들이 분명히 있단 말입니다. 그 접속은 신약의 이미지를 빌리면 좁은 문, 아주 비좁은 장소일 수 있어요. 그 문을 지나 넘어가면 그건 일종의, 말씀하신 대로, 섬광이 비추겠죠. 그러면 전혀 다른 게 되는 거예요. 그래서 작다거나 단시간에 끝난다고 해서 반드시 섬광이라고 할 수도 없는 거죠. 파편의 문제는 별개예요.
파편은 실제로 우리 시대의 예술 양식인 것 같아요. 예술에 대해 고민하고 사유해본 사람이라면 이 문제를 다룰 수밖에 없었고요. 롤랑 바르트가 최근에 이제는 파편을 극복하고 넘어서

기 위해 모든 노력을 쏟는다고 말했다는 얘기를 들었어요. 그렇지만 '그게 가능한가?'가 문제죠. 낭만주의자들부터 시작해서 파편이 사물을 더 참되고 더 진정성 있고 더 강렬하게 해주는 지배적인 예술 양식이 된 데에는 이유가 있어요. 쾌감과 통찰이라는 특혜 받은 순간들이 있게 마련이고, 또 어떤 것들이 다른 것보다 훨씬 더 강렬할 수밖에 없는 건 우리가 삶과 의식에서 여러 다른 장소들을 살기 때문이에요. 그러나 어떤 한 순간을 특별하다고 구분할 수 있다고 해서—기억에 남을 만해서가 아니라 자신을 변화시켰다는 이유에서 말이에요—그 사실이 곧 그 순간을 파편으로 만드는 건 아니라는 뜻이에요. 그 이전에 겪은 모든 일들의 정점이라는 뜻일 수도 있다는 말이죠. 사물의 위치를 파악하고 별도로 떼어놓을 수 있다고 해서 사물 자체가 파편적인 특성을 가졌다는 증거가 되는 건 아니에요.

"직선적인 논증을 활용하는 에세이 형식이
전 굉장히 답답해요. 만사를 실제보다 훨씬 더
연속적으로 만들어야 한다는 느낌을 받거든요"

콧 장뤼크 고다르의 영화 〈비브르 사 비〉에 대한 명철한 에세이에서는 선생님께서도 파편적인 유형 구조를 활용하고 있고, 그렇게 함으로써 실제로 파편의 연속으로 진행되는 영화의 빛과 풍요로움을 시사하고 있습니다.

손택 네, 파편 형식은 사물들 사이에 존재하는 틈새, 공간, 침묵을 지목한다는 점에서 대단히 명예로운 데가 있다고 생각합니다. 반면 말뜻 그대로 '데카당트'하다고 말할 수도 있겠지요. 윤리적인 의미에서 하는 말은 아니고, 한 시대의 종언을 고하는 스타일이라는 뜻에서요. 어떤 문명이나 사상의 전통 또는 감수성의 종말이라는 의미로 하는 말이에요. 파편은 사람이 많은 것을 알고 경험했다는 전제를 미리 깔고 있고, 그런 의미에서 데카당트한 거예요. 시시콜콜 낱낱이 설명하지 않고도 인용이나 논평을 하려고 하면 그 모든 걸 배경으로 깔고 있어야 하니까요. 젊은 문화들에서 예술이나 사유형식은 굳이 만사를 그렇게 구체적으로 만들 필요가 없어요. 그러나 우리는 많은 걸 알고 있고 관점의 다양성을 의식하고 있기에, 파편은 그 사실을 인정하는 한 가지 방법인 거죠.

직선적인 논증을 활용하는 에세이 형식이 전 굉장히 답답해요. 만사를 실제보다 훨씬 더 연속적으로 만들어야 한다는 느낌을 받거든요. 제 마음이 이리저리로 펄쩍펄쩍 뛰어다니는 데다, 논증이란 건 제게 사슬의 고리보다는 바퀴의 살에 더 가까워 보여요. 그렇지만 페이지의 형태로 글을 읽는다는 행위의 본질은 왼쪽에서 시작해서 책장을 훑어 내려가고, 다시 오른쪽으로 올라가서 다시 내려가고 책장을 넘기는 거죠. 나로서는 더 좋은 방법을 생각해낼 수도 없고, 페이지의 연속성을 포기해야 한다는 뜻으로 하는 얘기도 아니에요. 그렇지만 그건 조지프

프랭크가 수년 전 "공간적 형태"라고 불렀던 그 비슷한 걸 얻는 한 가지 수단이에요. 파편의 문제는 아주 복잡하답니다.

콧 아르킬로코스BC 7세기경의 그리스 서정시인으로 불우한 환경 속에서 귀족계급의 인습을 매도하기를 즐겼다. 풍자에 적합한 이암보스율(iambus, 약강격)을 완성해 후세에 큰 영향을 미쳤다나 사포기원전 612년경에 태어난 그리스의 여성 서정시인. 같은 시대의 시인 알카이오스와 함께 귀족계급에 속하며 출생도 같은 레스보스 섬이다. 독창 서정시의 대표적 시인으로서 매우 높은 평가를 받아 서사시의 호메로스와 명성을 다툴 정도였다가 쓴 고대 그리스의 파편적 단상들을 생각해 보세요. 실제로 과거 독특한 전체였던 것의 잔해에 불과하지만 지금까지도 그 여운이 우리를 깊이 감동시키고 있지 않습니까.

손택 그건 우리가 파편적 형식에 민감하기 때문이지요. 역사로 인해 훼손되면서 창조되는 파편들도 있는데, 그럴 때 우리는 그 말들이 파편으로 쓰이지 않았다고 가정해야 하죠. 뭔가 소실되었기 때문에 파편이 된 겁니다. 전 밀로의 비너스에 팔이 있었다면 그렇게 유명해지지 않았을 거라고 봐요. 그 유명세는 사람들이 폐허의 아름다움을 보던 18세기에 시작되었거든요. 파편에 대한 사랑은 처음에는 역사의 파토스에 대한 실감, 시간의 무자비한 유린과 관련이 있었을 거예요. 사람들에게는 파편으로 보였던 것들이 사실은 온전한 작품이었으니까요. 다만 일부분이 소실되거나 파괴되거나 사라졌을 뿐. 물론 요즘은 아예 파편의 형식으로 작품을 창조하는 것도 가능하고 또 아주 설득력을 갖게 되었어요. 18세기 부자들이 영지에 인공적인 폐허를 꾸몄던 것과 마찬가지로, 사유나 예술의 세계에서는 파편이 인공적인 폐허 같은 거죠.

콧 어떤 면에서 사진도 그렇죠.

손택 그래요, 전 사진이 파편의 형식으로 나온다고 생각합니다. 스틸 사진의 본질은 파편의 정신 상태를 지닌다는 것이에요. 물론 그 자체로 완전한 것이기는 하지요. 그러나 시간의 흐름과 관련지어보면 우리에게 남겨진 과거의 의미심장한 편린이 되거든요. "그래, 우린 그때 너무나 행복했지. 우리는 거기 서 있었어. 당신은 아주 어여뻤지. 그리고 난 이 옷을 입고 있었고. 우리가 얼마나 젊었는지 좀 봐……" 그런 거 말이에요. 제 말은, 사진을 찍는 당시에는 그런 기분으로 하는 게 아니겠지만, 시간이 사진을 변화시킨다는 거예요.

콧 "사진은 본질적으로 회화처럼 소재를 철저히 초월할 수 없다. 그리고 사진이 원래의 비주얼 자체를 완전히 초월할 수도 없는 법이다. 어떤 면에서 이는 모더니즘 회화의 궁극적 목표다." 선생님은 이렇게 주장하셨지요. 하지만 예를 들어 앨프리드 스티글리츠Alfred Stieglitz, 1864~1946. 미국 근대 사진의 아버지로 불리는 사진가.

19세기의 지배적 사진 양식이었던 회화적 사진을 반대하고, 카메라 기능에 충실한 핀트에 의한 리얼리즘 묘사를 목적으로 하는 스트레이트 포토그래피를 주장하는 한편, 사진 조형에도 근대 조형 이론을 도입하였다가 뉴욕 주 북부에 있는 조지 호에서 찍은, 구름이 파도처럼 출렁이는 여름 하늘 사진 같은 건 어떻습니까? 마크 로스코의 회화에서 찾아볼 수 있는 눈부신 광휘를 발하지 않습니까?

손택 그건 위대한 사진들이기 때문이죠. 지금 이 말은 단순한 칭찬이 아니라 정말 말뜻 그대로 그렇다는 거예요. 스티글리츠는 위대한 사진가였고, 그래서 그 사진들을 볼 때 느껴지는 감정은 중요한 예술 작품에 대한 반응인 거예요. '초월'이라는 말을 썼을 때는, 훌륭한 사진이 없다든가 사진에서는 회화에서 받을 수 있는 그런 감각을 느끼지 못한다는 그런 얘기가 아니었어요. 그보다는 사진의 기획이 본질적으로 회화와 전혀 다른 방식의 재현과 이어져 있다는 의미였지요. 스티글리츠를 엄밀하게 로스코와 비교한다면, 스티글리츠에게서도 그런 광휘를 감지할 수 있다고 말할 수 있지만 여전히 그건 비유적인 거예요. 터너나 모네 같은 작가들의 경우 소재와 맺는 지시적 관계는 대단히 퇴행적인 것이 될 수 있어요. 심지어 로스코의 경우는 아예 자취를 감춰버리기도 하고요. 그렇지만 제가 보기에는 바로 거기에 사진이 갖는 최고의 강점이 있는 것 같아요. 물론 멋진 추상 사진들도 있지만, 아무리 추상 사진이라도 지시적 관계는 남아 있거든요. 예를 들자면 모호이너지라슬로 모호이너지, László Moholy-Nagy, 1895~1946. 헝가리 태생의 멀티미디어 아티스트. 시각예술 전반을 아우르는 전방위 예술가이며 독일 바우하우스의 교수를 지냈다. 과학기술 매체를 이용하여 예술의 지평을 넓혔고 인간의 삶과 예술의 유기적 결합을 통해 '총체적 예술'을 지향하였다 같은 작가들이 재현한 것처럼 바우하우스 전통에 따른 거시적이거나 미시적인 기계 세계를 찍은 사진들도 기계 부품들이 극도로 근접 촬영되거나 단순화되었다는 의미에서만 추상적일 뿐이니까요. 하지만 그건 디자인된 형태고, 우린 여전히 그처럼 사물의 세상이 존재한다는 걸 알죠.

"쓸데없는 걸 다 벗어던진 적나라한 특질 때문에
저는 베케트와 카프카에게 매력을 느껴요"

콧 선생님의 에세이 「스타일에 관하여」에서 이런 대목이 나옵니다. "스타일을 말하는 건 예술의 총체성을 논하는 한 가지 방식이다. 총체성에 대한 모든 담론이 그러하듯 스타일에 대한 이야기 역시 은유에 의존해야만 한다. 그런데 은유는 오도한다." 전반적으로 선생님께서는 은유에 대해 어떤 태도를 취하고 계시나요?

손택 이 질문에 대해서는 좀 더 사적인 방법으로 대답해야겠어요. 사유하기 시작하면서 저는 이론적으로 사물을 파악하는 방식이란 암시들과 저변에 깔려 있는 은유 또는 패러다임을 파악하는 것임을 깨달았어요. 그게 제게는 자연스러운 이해의 방식이었죠. 열네 살인가 열다섯 살 때 처음 철학을 읽기 시작했는데, 내가 은유 때문에 몹시 고생할 거라 생각했던 기억이 나요. 그리고 그런 생각들도 했죠. 뭐, 다른 은유가 있으면 또 다른 의미가 나오겠지, 하고요. 전 항상 은유에 대해서는 그런 불가지론을 견지해왔어요. 그에 대해 나 자신의 생각을 갖기 오래전부터, 은유를 찾자마자 그걸 알았죠. 하지만 그거 역시 "자, 이거야말로 사유의 원천이 될 수 있겠군" 하고 말하는 한 가지 수단이었어요. 한편으로는 또 다른 은유를 활용할 수도 있겠다는 생각이 들었고요. 여기에 대해서는 수많은 이론이 있다는 걸 알지만, 크게 개의치 않아요. 그보다는 작가로서의 제 본능을 훨씬 따르는 편이죠.

모더니즘이나 아방가르드 또는 실험주의에서 제 흥미를 끌었던 상당수가, 또는 그냥 제가 보기에 좋은 글쓰기라는 건 은유의 정화예요. 쓸데없는 걸 다 벗어던진 적나라한 특질 때문에 저는 베케트와 카프카에게 매력을 느껴요. 그리고 지금보다는 옛날에 훨씬 더 사모했던 로브그리예 같은 프랑스 소설가들의 경우에도, 제 마음을 끌었던 건 그들의 기획, 즉 은유를 담지 않겠다는 그 발상이었어요.

콧 그러니까 은유의 정화라는 말씀이 은유의 제거를 말하시는 거군요.

손택 어떤 면에서 그래요. 아니, 적어도 은유에 극단적인 회의론을 품고 있다고 해야겠죠. 은유는 사유에 핵심적이지만 쓸 때는 은유를 믿으면 안 돼요. 어쩔 수 없이 필요한 허구라는 걸 알아야 하죠. 아니, 필수적인 허구가 아닐 수도 있어요. 은유를 품지 않은 사유란 상상조차 할 수가 없죠. 그러나 바로 그런 사실이 그 사유의 한계를 드러내주는 거예요. 내 마음을 끄는 건 항상 그런 회의주의를 표현하면서 은유를 넘어 깨끗하고 투명한 무언가로 나아가는 담론이에요. 바르트의 표현을 빌리면 0도의 글쓰기죠. 물론 제임스 조이스가 그랬던 것처럼 절대적으로 반대 방향으로 나아갈 수도 있고, 언어에 의미들을 최대한 우겨 넣을 수도 있지만, 그렇게 되면 그건 은유가 아니라 단순히 언어 그 자체와 단어가 가질 수 있는 온갖 다른 뜻으로 하는 유희가 되어요. 조이스의 『피네간의 경야』에서처럼 말이지요. 예를 들어 "강물이 장갑 손가락처럼 다리의 아치 아래를 흐른다" 같은 은유는 보게 되면 딱 알죠……. 어때요?(웃음)

콧 멋진데요!

손택 자, 그런 걸 보면—원초적이고 본능적인 느낌인데요—꼭 목덜미를 누가 덥석 움켜쥐고 조르는 기분이 들어요. 머릿속 회로가 고장 난 느낌이죠. 강물도 있고 장갑도 있는데, 서로가 서로를 간섭하고 방해한단 말이죠. 그래서 사실은 내 쪽에 뭔가 근본적인 편향이 있다는 얘기를 하고 있는 거예요.

자, 어떤 면에서 보면 제가 모든 시詩를 배제하고 있다는 얘기로 들릴 수도 있겠는데요, 셰익스피어의 소네트를 보세요. 제가 시에 반대한다는 뜻이 아닙니다. 반대로 제가 가장 많이 읽는 것 두 가지가 시와 예술사인걸요. 그렇지만 산문이라고 불리는 것이 있고 사유라 불리는 것이 있는 한, 저는 은유란 무엇인가라는 문제를 중심으로 빙빙 돌고 또 돌 겁니다. 직유와는 달라요. A가 B 같다고 말하면, 네, 그래요, 그 차이가 뭔지 아주 확실하죠……. 비록 가끔은 시가 너무 함축적이라 그렇게 명료하지 않을 수도 있지만요. 그렇지만 예를 들어서 누가 "질병은 저주다"라고 말한다면, 전 그걸 일종의 사유의 붕괴라고 봐요. 사람들로 하여금 생각을 멈추게 만들고 소정의 태도에 가둬버리는 수단이란 말이에요. 제게 있어 지적인 기획이라면 기실 비평이에요. 심오한 의미로서의 비평이요. 사유를 하려면 은유가 필요하기 때문에 사람들은 불가피하게 새로운 은유 구축에 연루되잖아요. 그렇지만 적어도 물려받은 은유에 대해서는 비판적이고 회의적이라야 합니다. 그래야 사유를 막는 더께들을 깨끗하게 씻고 공기를 들이고 닫힌 문들을 활짝 열어젖힐 수 있죠.

콧 제가 늘 사랑하던 아름다운 은유가 있는데요, 멕시코 작가 옥타비오 파스의 다음과 같은 구절입니다. "시에서 존재와 존재를 향한 욕망은 과일과 입술처럼 한순간 화해를 이룬다." 추상을 이렇게 육감적으로 만든다는 건 정말로 걸출한 성과죠.

손택 네, 저도 그렇게 생각해요. 그러나 아까 제가 말한 강물과 장갑 은유가 그렇게 거슬리는 건 아마 다리 아래로 흐르는 강물은 이미 너무나 육감적이기 때문일 거예요.

"전 항상 반드시 글로 쓸 필요가 있는 게 뭔지를 생각해요.
오후 한나절을 묘사하는 데 수천 페이지를 쓸 수 있지만,
뭘 빼고 뭘 넣어야 하죠?"

콧 선생님께서 은유에 대해 말씀하시는 방식에서 은유가 암과 상당히 유사하게 기능한다는 암시가 내포되어 있다는 게 아이러니하네요.

손택 (웃음) 글쎄요, 전 암을 은유로 쓰고 싶은 마음이 전혀 없어요. 그렇지만 아마도 은유는 꽉꽉 들어찬 직유라고 말할 수 있을 거예요. 예를 들어 '그것'은 '이것'과 같다고 말하면 패가 테이블에 올라온 셈이죠.

있잖아요, 전 항상 반드시 글로 쓸 필요가 있는 게 뭔지를 생

각해요. 원하는 건 오로지 이야기를 하는 것뿐이라고 느끼기가 저로서는 아주 어려운 것이, 단지 그것만을 원하기에는 너무 많은 걸 알고 있기 때문이지요. 오후 한나절을 묘사하는 데 수천 페이지를 쓸 수 있지만, 뭘 빼고 뭘 넣어야 하죠? 우리는 나이브하지도 않고 과거에 작가들이 얽매였던 관습에 구속되지도 않아요. 그래서 『나, 그리고 그 밖의 것들』의 단편들에서 저는 뭔가 다른 걸 시도하고 있었어요. 소재에 일종의 '필연성'을 부여할 뭔가 다른 것 말이에요. 가장 단순한 종류의 필연성은—어떻게 보면 가장 효율적이라고 할 수 있겠는데요—우화fable의 양식입니다. 우화는 은유가 아니고, 교훈이 있는 이야기지요…….

콧　하지만 어쩌면 성서의 비유parable도 또 한 가지 사례가 될 수 있겠는데요.

손택　그래요, 우화 대신 비유라고 하죠. 내가 존경하는 사람들은 자신이 쓰는 글이 어떤 면에서 반박 불가능해야 한다고 생각하기에 고심하고 씨름하는 이들이죠. 그리고 베케트, 카프카, 칼비노, 보르헤스는 물론이고 죄르지 콘라드György Konrád, 1933~. 헝가리 작가로 1990~1993년 국제펜클럽(PEN International) 회장을 지냈다라는 이름의 그 훌륭한 헝가리 작가에게서 그런 자질을 봅니다.

콧 진실은 낡은 은유의 공고화에 불과하다는 니체의 발언을 어떻게 생각하십니까? 스테레오타입과 클리셰가 어떻게 세계의 진실이 되는지 논했는데요.

손택 하지만 그건 아주 아이러니한 의미에서의 진실이에요. 이건 제 한계일지 모르겠는데, 아마도 그럴 텐데, 전 진실을 허위의 부정으로밖에 이해할 수가 없어요. 언제나 저는 뭔가 다른 게 거짓임을 알게 되면서 제가 진실이라고 생각하는 걸 발견하죠. 세계는 기본적으로 허위로 가득 차 있고, 진실은 언제나 허위를 '거부'할 때 빚어지는 것이죠. 진실은 어떤 면에서 몹시 공허하지만, 이미 허위를 모두 떨쳐낸 환상적인 해방이에요.
여자들의 문제를 들어보죠. 여자들에 대한 진실은, 이름이야 어떻든, 소위 가부장적 가치관의 체제 전체가 허위 또는 억압이라는 것이죠. 진실은 그것이 허위라는 거예요.

콧 가부장제의 에토스는 몇 세기 동안 여성이란 남성의 부정否定이라는 입장을 고수해왔습니다.

손택 글쎄요, '열등하다'는 거겠죠. 기본적인 견해는 여자는 아이들보다 낫지만 남자보다 못하다는 겁니다. 여자는 아이의 매력을 지닌 다 큰 아이니까요.

프랑스에서, 1972

콧 잉마르 베리만 영화 제목을 좀 빌리자면, 전 항상 '외침과 속삭임'이 어떤 면에서 아주 오랜 세월 동안 여자들이 자기 몫으로 할당받아온 세계라는 생각이 들었어요. 변증법적 사유의 세계가 아니라 말이지요.

손택 우리 문화에서 외침과 속삭임은 감정의 세계에 배속되어왔지요. 남자의 세계가 액션, 힘, 수행 능력, 그리고 감정적으로 거리를 두는 능력으로 규정되기 때문에 여자들은 감정과 감수성을 품게 되었어요. 우리 사회의 예술은 기본적으로 여성적인 활동으로 간주되지만 과거에는 확실히 그렇지 않았지요. 그건 남자들이 예전에는 지금만큼 여성 억압이라는 관점에서 스스로를 규정하지 않았기 때문입니다.

제가 가장 오랫동안 참여해온 투쟁 중에는 사유와 감정의 분리를 타파하고자 하는 노력이 있어요. 이런 이분법이야말로 사실 모든 반지성적 견해들의 기반이죠. 심장과 머리, 사유와 감정, 판타지와 분별…… 전 그런 이항 대립이 옳다고 믿지 않습니다. 우리는 대충 비슷한 몸을 가지고 있지만 아주 다른 종류의 생각들을 합니다. 전 우리가 몸보다는 문화로부터 제공받는 도구를 더 많이 활용해서 생각한다고 봐요. 따라서 세상에는 훨씬 다양한 각양각색의 생각들이 있는 거고요. 제가 받는 느낌은, 사유가 감정의 한 양식이며 감정이 사유의 한 양식이라는 겁니다. 예를 들어서 제가 하는 일은 책이나 영화라는 결과물을 낳지요. 이러한 대상들은 저 자신이 아니지만 무언가를 받아쓴 사본입니다. 단어든 이미지든 상관없어요. 사람들은 보통 그런 작업이 순전히 지적인 과정일 거라 상상합니다. 하지만 제 작업의 대다수는 이성만큼이나 육감과 깊은 관련을 맺고 있어요. 사랑이 이해를 전제로 깔고 들어가지는 않아도, 누군가를 사랑한다는 건 온갖 생각과 판단에 연루되는 일이죠. 바로 그런 겁니다. 육체의 욕망, 욕정의 지적인 구조가 있단 말이에요. 그렇지만 사유와 감정을 구분하는 종류의 사고는, 사람들로 하여금 의심을 품거나 안일하게 받아들여서는 안 되는 것들을 의심하게 만들기 때문에, 쓸데없는 말썽을 잔뜩 초래하는 선동의 일환입니다.

사람들이 스스로를 이런 식으로 이해하게 되는 건 아주 파괴적이고 심히 잘못을 조장하는 일이죠. 사유 대 감정, 심장 대 머리, 남성 대 여성 같은 스테레오타입은 세계가 소정의 방향으로, 즉 기술주의 사회를 향해, 산업의 합리화를 향해, 과학을 향해, 기타 등등을 향해 나아가고 있다고 확신하던 시대에 생겨났지만, 모두 낭만적 가치에 대한 방어로 고안된 것이지요.

콧 『악의 꽃』에 수록된 시 「고양Élévation」에서 보들레르는 이렇게 썼습니다. "민첩하게 움직이는구나, 오 나의 정신이여, 그리하여 힘찬 수영 선수처럼 / 일렁이는 바다 위에 몸을 던져, 가없는 남자의 관능적인 기쁨으로 깊이를 가늠할 수 없는 광막

함을 / 유쾌하게도 가르는구나." 그러니까 여기서 이 시는 생각과 감정을 구체적으로 "남자의" 의식과 성이라는 타입과 연관시킵니다. 그러나 최근에 제가 프랑스 작가 엘렌 식수Hélène Cixous, 1937~. 프랑스의 페미니즘 작가 겸 비평가. 시인이자 철학자이며 대학교수이기도 하다. 대표작 『메두사의 웃음』에서 로고스 중심주의와 남근 중심주의를 비판하며 '여성적 글쓰기'의 개념을 정립했다와 인터뷰를 한 일이 있는데, 또 수영이라는 이미지를 써서 이런 말을 하시더군요. "글쓰기가 성차를 드러내지 않는다고 주장하는 건 글을 단순히 제조된 대상으로 본다는 이야기다. 글이 온몸에서 샘솟는다는 사실을 인정하는 순간, 글쓰기란 온갖 충동의 시스템 전체를 필사하는 일이라는 걸 인정해야만 한다. 그 충동들은 감정적 비용과 쾌감에 대해 전적으로 다른 접근 방법들이다……. 글쓰기에서, 여성성은 남성성보다 훨씬 더 연속적이라는 인상을 준다. 마치 여성들에게는 물속에서 숨을 참고 머무를 수 있는 능력이 있어, 숨을 쉬러 아주 가끔씩만 물 밖에 나와도 되는 것만 같다. 그래서 당연히 그 결과는 독자로 하여금 숨이 턱에 차 헐떡거리게 만드는 텍스트다. 내가 보기에 그것은 여성적 육감성과 완벽하게 일치를 이룬다."

손택 식수는 파리대학의 영문학 교수로 시작해서 제임스 조이스에 대한 저서를 썼고, 현재 프랑스를 선도하는 여성 작가로 손꼽히지요. 물론 스스로 페미니스트라고 생각하고 있고요. 그러나 지금 그 말은 제가 보기에 전혀 말이 안 돼요. 보들레르와 식수가 매혹적으로 대조를 이루긴 하지만, 그런 이미지들은 독자가 읽고 싶은 대로 읽을 수 있는 거라 생각되거든요. 어쨌든 보들레르는 여자는 자연스러우며 따라서 추악하다는 말을 한 당사자고, 몹시 고전적인 종류의 19세기적 여성 혐오를 품고 있던 사람이니까요. 프로이트 등등에서 발견할 수 있는 그런 류 말이에요. 여자는 자연이고 남자는 문화고 어쩌고저쩌고하는. 마치 여자가 발목을 잡고 나락으로 질질 끌어당기는 더러운 끈끈이 같은 거나 되는 존재고, 영혼은 늘 육신에서 탈출하려 한다는 식으로 말이죠.

콧 이 두 프랑스 작가가 모두 젠더에 근거한 어휘를 통해 창조적 표현을 사유한다는 사실이 흥미롭지요. 전자는 헤엄을 치며 여성 혐오의 관점에서 글을 쓰고, 후자는 페미니즘의 관점에서 쓰고.

손택 프랑스의 문화는 어떤 면에서 믿지 못하리만큼 여성 혐오적이라서 가끔은 소스라칠 지경이에요. 제 말은 '여성적feminine'이라는 말, '여자 같은effeminate' 말고요, '여성적'이라는 단어조차 비하의 뜻이 있다는 거예요. 여기서는 뭐든 '여성적'이라고 말하면 그게 작품이든 활동이든 사람이든—그 사람이 여자지만 아주 좁게 성적인 의미에서만 그렇다면—항상 비하의 뜻을 띠고 통용되지요. 남성적이라는 말은 강함을, 여성적이라는 말은 약함을 뜻하는 거죠.

콧 하지만 제가 아는 프랑스 여성들은 대부분 강인한 사람입니다.

손택 뭐, 여기는 잔 다르크의 땅이기도 하니까요! 언젠가 인도에 갔을 때 인디라 간디에게, 그녀가 어떤 답을 내놓을지 뻔히 알고 있으면서도 질문을 한 적이 있어요. 인도의 수장이 여자라는 사실이 곧 지금 사람들에게 여자들에 대한 인식 변화가 일어났다는 뜻인지, 혹은 여자들의 경쟁력이 조금이라도 높아졌다는 뜻인지 말이에요. 그러자 이렇게 대답하더군요. "제가 수상이 되었다는 건 아무 의미도 없어요. 그저 제가 예외라는 뜻일 뿐이죠"라고요. 그러니 프랑스가 여성 장군 한 사람을 배출했다고 해서 당연히 또 다른 여자가 잔 다르크가 된다는 법은 없죠. 그저 가끔씩 돌연변이들이 나오게 마련이라는 것뿐 다른 의미가 없는 거예요.

하지만 아까 꺼냈던 엘렌 식수의 얘기를 다시 해보기로 하죠. 전 이런 것들을 성의 문제로 치환해서 꼬리표를 붙이는 게 몹시 불쾌한데, 사실 그렇게 되면 조이스가 여성적인 작가라거나 여성성을 창작의 근거로 삼았다고 해야 된단 말이에요. 저도 분명히 남성과 여성의 관능성에 어느 정도는 차이가 있다고 생각해요. 많이는 아니고요. 보아하니 우리 사회의 모든 것이 공모해서 이 차이를 더욱 크게 벌리고 있는 게 분명하죠. 아마도 근원적인 차이의 일부는 상이한 생리적 기능과 상이한 성기에 기인할지 모르죠. 그렇지만 전 세상에 남성적이거나 여성적인 글쓰기가 있다고는 믿지 않아요. 식수의 주장은, 그렇지 않다면 글을 쓴다는 건 그저 물건을 제조하는 것과 다를 바 없기 때문에 반드시 그런 게 있어야만 한다는 거죠. 정말로 그렇다면, 그리고 이런 맥락에서는—굳이 이렇게까지 해야 한다면 말이지만요—저라면 글쓰기는 실제로 물건을 제조하는 게 맞다고 말하겠어요. 전 플라톤과 아리스토텔레스가 시인을 목수에 비유했던 오래된 비유도 아무렇지 않아요.

여성들이 감정에 근거해서 글을 쓰도록 조건 지어진 존재라면, 지성은 남성적인 것이고 사유는 이처럼 무도하고 공격적인 짓이라면, 그렇다면 당연히 여자들은 다른 종류의 시나 산문이나 아무튼 뭐든 다른 글을 쓰겠지요. 그렇지만 저는 종류를 막론하고 남자가 쓰는 글을 여자가 못 쓸 이유도, 그 반대의 이유도 도저히 찾을 수가 없어요.

콧 어떤 면에서 보면 식수가 묘사하고 있는 것이 의식의 흐름 비슷하게 들리는데요. 제가 보기엔 그런 작가들의 소설을 기가 막히게 훌륭하게 묘사하고 있는 것 같아요. 클로드 시몽이라든가…….

손택 ……아니면 필리프 솔레르스Philippe Sollers, 1936~나 또 헤아릴 수 없이 많은 다른 작가들이 있겠죠.

콧 하지만 아주 좁은 의미에서 보면, 선생님의 글쓰기도 훌륭한 묘사라고 말할 수 있을 것 같습니다. 소재와 발상을 극단적으로 강렬하게 전개해서 굉장히 오랜 기간 동안 지탱한다는 점에서요. 『사진에 관하여』가 그 훌륭한 사례가 아닐까 싶은데요.

손택 그렇지만 저는 좋은 부분까지만 그 사례라고 봅니다. 이런 얘기를 하는 일부 페미니스트와 일군의 사람들 시각에서 보면 한나 아렌트Hannah Arendt, 1906~1975. 파시즘과 나치즘을 비롯한 전체주의를 비판한 정치철학자. 유대계 독일인으로서 히틀러에 의해 모국에서 추방당해 1941년 뉴욕으로 망명했다. 악몽과 같은 자기의 현실 체험에 기초해서 1951년 최초의 본격적 저작이자 대표작인 『전체주의의 기원』을 저술했다 같은 작가는 남성적 정체성을 지닌 지식인으로 간주될 겁니다. 여성으로 태어났지만 플라톤과 아리스토텔레스부터 시작해서 마키아벨리와 토머스 홉스, 존 스튜어트 밀로 이어지는 남자들의 게임을 하고 있으니까요. 그녀는 최초의 여성 정치철학자지만 그녀의 게임은—그 규칙, 담론, 인용 자료 등—플라톤의 『국가』에서 정립된 전통을 따릅니다. 아렌트는 '내가 여자니까 이런 질문들에 달리 접근해야 하는 거 아닐까?'라는 자문을 절대 하지 않았지요. 실제로도 그러지 않았고, 또 그랬어야 한다고도 생각지 않습니다.

제가 체스 게임을 한다면, 여자라고 해서 다른 플레이를 해야 한다고 생각지 않아요.
물론 그건 좀 더 규칙에 의해 결정되는 부류의 게임이긴 하지만, 제가 시인이나 산문작가 또는 화가라 해도, 제 선택은 반드시 저 자신과 뗄 수 없게 된 온갖 다양한 전통이나 실제로 겪은 체험들에 이어지게 되어 있어요. 그중 일부는 제가 여자라는 사실과 무관하지 않을 수도 있지만, 그렇다고 꼭 결정적인 영향을 미치라는 법도 없거든요. 그런 스테레오타입에 맞추라는 주문을 받는 건 대단히 억압적이라고 생각해요. 흑인 작가에게 흑인의 의식을 표현하라거나 오로지 흑인의 소재만 다루라거나 흑인의 문화적 감수성을 투영하라고 주문하는 거나 마찬가지죠. 제가 아는 흑인 작가들과 마찬가지로 저 역시 '게토화'될 의사가 전혀 없습니다.

"연대에 반대하지는 않습니다만 글쓰기가 성별에 따라 분리되기 시작한다면 유감스러울 것 같아요"

콧 그러나 일전에 선생님께서 병든 사람들은 서로 동조를 이루게 된다고 말씀하셨습니다. 노인들도 그렇고요. 남성-여성의 대립은 일종의 감옥이라는 얘기도 하셨어요. 그렇다면 그런 감옥에 갇혀 있다고 느끼는 여성이 특정 부류의 페미니즘과 연대하고자 하면 안 될 이유가 무엇일까요?

손택 물론 그런 연대에 반대하지는 않습니다만 글쓰기가 성별에 따라 분리되기 시작한다면 유감스러울 것 같아요. 저도 그런 상황에 처해본 경험이 있습니다. 예를 들어 제 영화가 여성영화제에 초청을 받았다고 칩시다. 뭐, 저도 영화 출품을 거절하지는 않아요. 외려 제 영화들이 상영될 때는 언제나 기쁘죠. 그렇지만 제 영화가 상영작에 포함된 이유는 오로지 제가 우연찮게 여자라는 사실뿐이라는 겁니다. 그러나 영화감독으로서 제 작업은 제가 여성이라는 사실과 전혀 무관하다고 생각하거든요. 그 작업은 저 자신과 관련이 있고, 여자라는 건 저라는 사람의 일부에 불과한 거죠.

콧 이에 대해 페미니스트들은 선생님께서 이미 혁명이 승리한 것처럼 군다고 반응할 수도 있겠는데요.

손택 혁명에서 승리했다고 생각지는 않지만, 여자들이 전통적 구조와 기획에 참여해서 능력을 보여주고 항공기 조종사나 은행 간부나 장군이나, 나로서는 되고 싶지도 않고 그렇게 멋지지도 않은 존재들이 될 수 있다는 걸 입증하는 것도 얼마든지 유용한 일이 된다고 생각하긴 합니다. 여자들이 이런 직업들에 승부를 거는 건 아주 좋은 일이에요. 분리된 문화를 정립하겠다는 시도는 어떤 면에서 권력을 '추구하지 않는다'는 것인데, 전 여자들이 권력을 '추구해야 한다'고 믿거든요. 전에 말했듯이 여성해방은 단순히 동등한 권리를 갖는 데 그치지 않는다고 생각해요. 그보다는 동등한 권력을 갖는 문제인데, 이미 존재하는 구조에 참여하지 않는다면 어떻게 그걸 쟁취할 수가 있겠어요?

저는 여성들에게 뜨거운 의리를 느끼고 있지만 제 저작물을 페미니스트 잡지에만 줄 정도는 아니에요. 한편으로 서구 문화에 대해서도 깊은 충성을 바치고 있기 때문이지요. 성차별주의 때문에 심히 오염되고 부패했다는 사실에도 불구하고 서구 문화는 여전히 우리가 가지고 있는 것이고, 따라서 우리는 여자임에도 불구하고 이 오염된 물건을 가지고 작업을 해서 반드시 필요한 수정과 변화를 이끌어나가야 한다는 느낌을 받아요. 제 생각은 여성들이 고도로 뛰어난 수준에서 뭔가를 해내는 여자들을 자랑스럽게 생각하고 동일시해야 한다는 것이에요. 여성적 감수성이라든가 여성적 관능성을 표현해내지 못한다는 이유로 비판할 게 아니라 말이죠. 제가 내놓는 발상은 모든 것들의 분리를 철폐하자는 것입니다. 저 같은 부류의 페미니스트들은 반反분리주의자라 해야겠지요. 그건 제가 이미 전투에서 승리했다고 믿기 때문이 아닙니다. 집단으로 뭔가 하려는 여성들이 있다면 좋지만, 그 목표가 여성적 가치의 창출이나 옹호가 되어서는 안 된다고 봐요. 저라면 절대 여성적 문화나 여성적 감수성이나 여성적 관능성의 원칙을 정립하거나 타파하려는 시도를 하지 않을 겁니다. 저는 남자들이 더 여성적이 되고 여자들이 더 남성적이 되면 좋을 것 같아요. 제게는 그게 훨씬 더 매력적인 세상입니다.

콧 레이 데이비스가 킹크스The Kinks의 노래 〈롤라Lola〉에서 노래했듯이 "소녀들은 소년들이 되고 소년들은 소녀들이 되고 / 뒤섞이고 엉망진창 흔들린 세상이야" 그런 건가요.

손택 제가 아는 한 지적이거나 독립적이거나 활동적이거나 열정적인 여자 중에 어린 시절 소년이 되고 싶다고 생각해보지 않은 사람은 한 명도 없어요. 남자아이면 나무를 탈 수도 있으니까 좋겠다는 사람도 있습니다. 그리고 어른이 되면 선원이 될 수 있다거나…… 아니면 뭐, 그 비슷한 환상에 빠지죠. 어린 소녀들은 항상 이건 못한다 저건 못한다, 이런 소리를 듣게 되어요. 그래서 더 큰 자유를 누리는 성性이었으면 하고 바라게 되는 겁니다. 대다수 소년들은 여자아이가 되고 싶다는 생각을 하지 않아요. 대략 16개월 무렵부터 남자아이인 게 '낫다'는 걸 알게 되죠. 아이들은 활동적인 걸 좋아하는데 소년들에게는 활동이 권장되거든요. 옷을 더럽히고 거칠게 놀고. 하지만 그런 모든 게 여자아이들에게는 억압되지요. 그리고 좀 더 크면 이 모든 게 'A 아니면 B'라는 식의 사고방식에 토대하고 있다는 걸 알게 됩니다. 요즘은 이런 걸 '양성성androgyny'인가 양성주의던가, 뭐 유행하는 단어로 부르는 것 같던데, 전 그런 이름을 붙일 필요가 없다고 봐요. 그렇게 되면 그저 어떤 논객 집단의 소유물이 되어버리거든요.

콧 그렇지만 잘못된 몸에 태어났다고 느끼는 온 세상의 사람들은 어떻게 하죠?

손택 글쎄요, 다시 과학 이야기를 하자면 가장 위대한 업적 중 하나는 지구 역사상 처음으로 인간이 자신의 성을 바꿀 수 있는 가능성을 갖게 되었다는 사실이라 생각해요.

유명한 잔 모리스Jan Morris, 1926~. 제임스 험프리 모리스(James Humphrey Morris)라는 이름의 남자로 태어난 웨일스 출신의 여행 작가 겸 역사가. 〈타임스〉와 〈가디언〉지의 기자였으며 46세였던 1972년 성전환 수술을 받고 여자가 되었다. 『50년간의 세계여행』의 저자의 사례는 흥미로운데, 왜냐하면 우리가 아는 한 예전의 성으로도 필력이 훌륭했던 첫 번째 인물이기 때문입니다. 그렇기 때문에 실제로 전환 이전과 이후의 글을 비교해볼 수가 있죠. 사실 성전환이 갖는 의미에 대해 이 지적이고 문학적인 인물 본인이 쓴 설명(잔 모리스의 회고록 『난제Conundrum』)도 있고요.

앞으로도 틀림없이 또 다른 체험담들이 나올 테지만, 많은 사람이 잔 모리스의 성전환에 대해 했던 얘기는, 잔이 실제로 매우 관습적인 여성성 개념과 동일시한다는 사실입니다. 제임스 모리스가 잔 모리스가 되면 어떠할 것이다, 생각했던 게 실제로 그러했다는 말이지요. 나는 이런 옷차림을 하고 싶어, 이렇게 행동하고 싶어, 이런 기분을 느끼고 싶어, 그런 생각을 했고 실제로 행동에 옮겼는데, 그 맥락이 제가 생각하기에는 관습적인 문화의 스테레오타입으로 보였어요.

〈인카운터〉 잡지의 최신 호에는 잔 모리스가 최근 베니스에 다녀온 여행에 대해 쓴 기사가 한 편 있습니다.(이 기사, 즉 「베니스의 새로운 눈」은 1978년 6월 호 〈인카운터〉 잡지에 게재되었다.) 그런데 제임스 모리스는 25년 전 베니스에 대해 기가 막히게 훌륭한 책을 한 권 썼던 사람이거든요. 여기서는 그로부터 25년이 지난 후, 한때 자기가 아버지 노릇을 했던 자식들 중 제일 어린 둘을 데리고 다시 베니스로 가는 그의 모습을 볼 수 있습니다. 그 기사와 책을 비교해보면 정말 환상적이에요. 저는 바로 2주일 전에 베니스에 다녀왔는데, 거기 갈 때마다—전 정말 허구한 날 가거든요—그곳에 있는 동안 읽을 서너 권의 책을 포함한 작은 베니스 키트를 들고 가요. 언제나 제임스 모리스의 베니스 책을 들고 가서 다시 읽곤 하죠. 그래서 기억이 아주 생생하답니다. 그런데 파리로 돌아와서 〈인카운터〉 최신 호를 샀더니 잔 모리스의 여행기가 실려 있는 거예요. 그렇지만 그 기사는 너무나 명명백백하게 여자가 쓴 여행담이었어요. 성 전환이 그런 관점의 변화를 불러일으켰다니 도저히 믿을 수가 없더군요. 그 사람이 성을 전환함으로써 동의한 건 '문화적' 변화였어요.

콧 잔 모리스가 그 기사를 여자처럼 썼다는 말씀이 무슨 뜻인가요?

손택 틈만 나면 자식들에 대한 얘기를 쓰니까요. 그 기사는 어떻게 베니스로 두 어린 자식을 데리고 갔는지에 대한 거예요……. 그래 좋아, 처음엔 다 그렇지, 이렇게 생각할 수도 있죠. 하지만 기사 전체가, 그러니까 음, 우리 아들은 이런 식으로 느꼈고 우리 딸은 저런 느낌을 받았고, 아이들이 베니스를 즐기는 모습을 보니 너무나 기쁘고, 뭐 그런 얘기예요. 아이들이 베니스를 즐기는 걸 지켜보는 건 크나큰 기쁨이었다느니, 아이들 눈을 통해 베니스를 볼 수 있다는 게 너무나 벅차고 흥미진진했다느니.

콧 그러니까 여기서는 엘렌 식수의 수중 은유를 말씀하시는 건 아니군요.

손택 아니에요. 잔이 자기가 엄마인 것처럼 글을 쓴다는 뜻이었어요.

콧 그러면 그게 차이일까요?

손택 네, 그렇기도 하죠. 하지만 그건 여성적 스테레오타입이 수행

하는 역할이에요. 그리고 저 역시 그 역할을 한다는 걸 알아요. 저는 어머니고 어른이 다 된 자식이 있는데, 여전히 그 애에 대해서는 뭐랄까, 그 애가 느끼는 감정은 너무나 근사해, 그 애가 하는 일에 난 너무나 관심이 있어, 뭐 이런 기분이 되거든요. 스물다섯 살짜리 아들을 둔 세상 그 어떤 아버지보다 그 애 얘기를 많이 하고 자랑하기도 해요. 어떤 상황의 중심에 그 애가 있을 때 더 마음이 편하고, 장성한 그 애의 모습이 너무 뿌듯해서 지켜보고 있기도 해요. 이런 게 관습적인 어머니-여성의 태도죠.

콧 그렇지만 지금은 남자 어머니들도 있습니다.

손택 물론이지요. 하지만 중요한 건, 누가 그런 종류의 행위를 해야 한다고 말하는가예요. 그게 생물학적인 거라고는 믿지 않습니다. 문화적인 거라고 생각하죠. 그저 모리스가 앞으로 실존할 거라 상상되는 어떤 현상의 첫 번째 사례이기 때문에 참으로 흥미롭다고 여길 뿐입니다.

콧 개인적으로는 제임스 모리스와 잔 모리스가 도시들에 대해 글을 쓰는 방식이 양쪽 모두 걸출하다고 생각합니다. 최근 〈롤링스톤〉 잡지에 게재된 로스앤젤레스와 워싱턴 DC에 대한 잔 모리스의 에세이들은 아름다운 글일 뿐 아니라 지극히 위트 넘치고 비범한 통찰을 담고 있기도 합니다. 그래서 이런 도시들에 대해 여자처럼 글을 쓰고 있다는 느낌을 받지 못했는데요.

손택 아니, 아니에요. 잔 모리스의 글쓰기에 대해 전반적으로 어떤 평가를 내리려는 의도는 전혀 없습니다. 다만 제가 하고 싶은 말은, 여기 한 사람이 있는데 오십 대 초반이고 여행 작가이며 두 아이를 데리고 여행을 떠났다 이거죠. 그런데 어떤 남자라도 잔 모리스처럼 글을 쓸 수는 없었을 거라는 말입니다. 제임스 모리스가 아이들을 데리고 여행을 떠났다 해도 그런 식으로 쓰지는 않았을 테니까요. 제 생각에는 그게 스테레오타입에 순종하는 거예요. 최근에 쓴 이 기사에 반대한다는 얘기가 아닙니다. 단순히 사람들은 자기 성별에 따라서, 아니면 이런 흔치 않은 경우처럼 스스로 선택한 성별에 따라서—의학 덕분에 최초로 생겨난 가능성이니까요—자기 자신에게 소정의 자질을 부여하고는, 난 남자가 아니라 여자니까 이런 종류의 관능성을 갖고 있어, 젊은이들과 이런 부류의 감정적인 관계를 맺고 있어, 라는 말을 하게 된다는 거죠. 나는 좀 더 보호적이고 아마 어떤 의미에서 좀 더 자아를 지웠어, 라든가요. 그렇지만 당연히, 아까 말씀하신 대로, 남자들도 이런 식의 감정을 가질 수 있습니다.

콧 「오랜 불만을 다시 생각함」에서 화자-주인공은 남자인지 여자인지가 끝내 밝혀지지 않습니다. 최근의 인터뷰에서 J. B. 싱어는 "코스모폴리탄적 소설을 써서 그냥 인간에 대해 적으려 한다면 결코 성공하지 못할 것이다. 왜냐하면 '그냥 인간'이라는 건 존재하지 않기 때문이다"라고 주장했지요. 그러나 선생님의 이 단편은 싱어의 주장을 인정하지 않는 것으로 보이는데요.

손택 「오랜 불만을 다시 생각함」은 구체적이라는 게 그렇게 중요하지 않다는 관념을 가지고 노는 것입니다. 왜냐하면 진정한 구체성은 복수의 레퍼런스들을 활용하는 데 있으니까요. 똑같은 방식으로, 제 단편 「아가Baby」는 일인칭 복수 화자의 가능성을 실험해본 거고, 정신과 의사에게 말하고 있는 사람이 어머니인지 아버지인지는 중요하지 않아요. 하나로서 말하니까요. 그들은 샴쌍둥이 같은 부모예요.

물론 제가 정말 하고 싶은 대로 했다면—하지만 문법 때문에 옴짝달싹도 못하고 이런 스테레오타입에 얽매이게 되지만요—그 아이를 '그he'가 아니라 '그것it'이라고 지칭했을 거예요. 그렇지만 문법의 관습이 허락지 않거든요. '아가'가 아가인 한에서만 그럴 수가 있는 거죠. 아기의 성은 처음 몇 개월간은 언어적으로 몹시 모호해요. 데이비드가 태어났을 때, 남편과 "아가, 아가는 어때?" 하고 말하곤 했죠. 왜냐하면 아직 '데이비드'가 아니었으니까요. 3개월인지 4개월인지 6개월인지는 몰라도, 아니 어쩌면 남녀를 불문하고 아가 자신이 언어를 사용하기 시작할 때일지도 모르겠네요. 아무튼 그때 제대로 이름을 쓸 수 있게 되는 셈이죠. 그렇지만 내 단편 속 아이는 모든 연령대의 자식이어서—유아기, 유년기, 청소년기—'그것'이라는 대명사를 쓸 수가 없었어요. 지나치게 기괴해서 선택을 해야 했죠. 그래서 '그'라고 쓰긴 했지만 쓰면서도 정말 싫었어요. 제 말은, 왜 꼭 '남자'라고 특정을 해야 하는 거죠?

「아가」는 저로서는 자전적인 소설에 속해요. 제 어린 시절, 우리 아들의 어린 시절에 있었던 일들을 끌어와서 쓰고 나머지는 꾸며냈죠. 그래서 희생자인 아이와 괴물 부모, 두 사람 모두의 역할을 할 수 있었어요. 저는 좋은 부모였다고 생각하지만 부모는 한편으로 괴물이 될 수 있다는 사실을 잘 알고 있고, 또 아이들이 그런 실감을 받게 되는 것도 당연해요. 부모는 아이들 자신보다 엄청나게 큰 존재니까요. 어린아이들에게 부모는 거인이거든요! 그러니 단순화되지 않은 방식으로 그런 복잡한 감정들 모두를 직시해야 했어요. 제가 어렸을 때 느꼈던 피해 의식, 그건 아이라면 누구나 이해할 테고, 또 한편으로 부모 노릇을 했던 경험도요. 그런 감정들이 흘러가도록 내버려두었지요.

"저한테는 글쓰기가 굉장히 사람을 무성적으로
만든다고 느껴지는데, 그건 글쓰기의 한계라고 봐요."

콧　글을 쓰실 때는 여자라고 느끼십니까? 아니면 남자? 아니면 그냥 몸과 분리된 정신이라고 느끼시나요?

손택 저한테는 글쓰기가 굉장히 사람을 무성적으로 만든다고 느껴지는데, 그건 글쓰기의 한계라고 봐요. 먹지도 않고, 먹더라도 굉장히 불규칙적으로 나쁜 식생활을 하고 끼니를 거르고, 최대한 잠도 줄이려 하거든요. 허리도 아프고 손가락도 아프고 두통도 와요. 그리고 심지어 성욕도 뚝 끊겨요. 성적으로 몹시 흥미를 끄는 사람이 있는데 집필에 들어가야 하면 절제나 금욕의 시기가 오게 되어 있어요. 전 모든 에너지를 남김없이 글쓰기에 쏟아붓고 싶거든요. 그건 제가 그런 류의 작가라서 그렇겠죠. 절제라는 걸 모르는 인간이라서, 일단 썼다 하면 아주 길고 강렬하고 강박적인 기간을 잡고 쓰죠.

콧 과거에 선생님께서는 단절된 발화를 나쁜 발화로 보는 논의를 하셨죠. 몸에서 단절되어 자연히 감정과도 단절된 발화 얘기였는데, 제 생각에는 글도 마찬가지라고 말씀하실 것 같습니다. 그리고 관능적인 발화는 감각의 표현 도구라는 얘기도 하셨죠. 선생님이 글쓰기 습관에 대해 하신 말씀과 이 논의가 어떻게 부합할까요?

손택 글쎄요, 아주 직접적으로 이어지는 것 같은데요, 그게 제 글쓰기에서 바꾸고자 노력해왔던 점 중 하나이기 때문이죠. 저는 몸에 덜 혹독한 방식으로 글을 쓰는 법을 배우고 싶고, 또 이제 그러기 시작하고 있어요. 일단 얼마 전처럼 의학적인 응급 상황은 아니지만—제 담당 의사들의 말에 따르면 이제 상당히 낙관적이라고 하네요—아직도 쇠약한 느낌이고, 여전히 몸 상태가 나빠질까 봐 합리적인 선에서 걱정도 하고 있어요. 예전에는 전혀 그렇지 않았는데, 한 번도 아파본 적이 없고 아무리 혹독하게 벌을 줘도 제 몸이 얼마든 견뎌내고 다시 회복할 수 있다고 믿었기 때문이지요. 그래서 의학적인 이유로 예전과 같은 방식으로 글을 쓰고 싶지 않은 것이, 신체 방어력이나 면역반응이 떨어질까 봐 두렵기 때문이에요. 그러나 한편으로 글을 쓰는 방식을 바꾸는 것이 글 자체에는 아주 좋은 일일지 모르겠다는 생각도 들더라고요. 아까 슬쩍 얘기하셨던 바로 그런 생각을 저도 했답니다.

몸은 언제나 일종의 땔감으로 존재하고, 수많은 감각들이 따로 생겨나지요. 반드시 섹스를 해야만 섹스를 상상할 수 있고 성적 판타지가 생기는 건 아니에요. 그런 건 머릿속에 있고 몸 역시 머릿속에 있으니까요. 하지만 저는 요즘 글을 쓰면서 정말로 편안한 느낌이 된다는 건 어떤 걸까 상상하려고 애쓰고 있어요. 벌거벗은 채 온몸을 벨벳으로 휘감고 있다고 생각해보세요! 그러면 다른 글을 쓰게 될까요? 전 그럴 거라고 생각합니다.

콧　의자에 앉아서 쓰시나요, 아니면 책상머리에 앉아서 쓰시나요?

손택 초고는 침대에 사지를 쭉 뻗고 누워서 쓰는 경향이 있어요. 그리고 뭔가 타이핑할 거리가 생기면 그대로 나무 걸상을 책상 앞에 끌어당겨 앉죠. 그때부터는 계속 타이프라이터 앞에 앉아 있는 거예요. 어떻게 글을 쓰시죠?

콧 책상 앞에서 상당히 딱딱한 의자에 앉아서 사방에 온갖 물건을 어지럽게 늘어놓은 채로 글을 씁니다.

손택 완전히 벌거벗고 온몸을 벨벳으로 휘감은 채 글을 쓰면 좀 다른 글을 쓸 것 같지 않으세요?(웃음) 괴테인가, 아니 실러인지도 모르겠네요. 따뜻한 물에 발을 담그고 글을 쓴 작가에 관한 얘기가 많잖아요. 바그너도요. 방 안에 향을 피우고 향수를 뿌리고 실크 가운을 입어야만 작곡을 했다고 하죠.

콧 하이든은 작곡할 때 의례용 가발을 썼다고 하던데요.

손택 항상 글을 쓸 때는 제일 좋은 옷을 차려입었다는 사람 얘기도 들은 기억이 나요. 전 늘 청바지에 낡은 스웨터를 입고 운동화를 신어요.

콧 블라디미르 나보코프는 연단에 서서 작은 인덱스카드에 책을 썼다고 해요.

손택 선 채로 글을 쓰다니 상상이 안 되네요. 그렇지만 거기에 따라서 몸도 바뀔 수 있다고 생각해요.

콧 몸이 바뀌면 문체도 바뀔 거라 생각하세요?

손택 네. 제 글쓰기에서 알게 된 사실 한 가지는 제가 이미지를 억압하는 경향이 있다는 거예요. 역시 그것이면 그것이지 다른 것이 아니라는 생각 때문이죠. 가끔 저도 이미지를 쓰지만 소정의 반발심이 들어요. 직선적으로 글을 쓰는 편이죠.

콧 선생님의 문체를 정의한다고 볼 만한 형용사 네 개의 목록을 만들어봤습니다. 군더더기 없고, 정확하고, 요란하지 않고, 꾸밈없고.

손택 그중에서 저는 '꾸밈없고'라는 말에 확실히 공감하게 되네요. 언제나 그게 좋은 방식이라고 생각해왔어요. 수많은 글쓰기에서 소멸할 가능성이 있는 건 바로 그 꾸밈이라고 보았거든요. 영원을 위한 문체는 꾸밈없는 문체 같았어요. 하지만 제게 가장 매혹적인 미국 작가 두 명은 엘리자베스 하드윅Elizabeth Hardwick, 1916~2007과 윌리엄 개스William Gass, 1924~거든요. 그 작가들은 이리도 나와 정반대일 수가 없어요. 둘이 서로 다른 건 말할 것도 없고요. 두 사람 모두 끊임없이 이미지를 활용하고 발전시켜서 전개를 하고 다시 그것들을 이미지 속으로 버려버리죠.

누가 이런 말을 한다고 해봐요. "길은 반듯하다." 뭐, 그렇다 쳐요. 그런데 그러고 나서 "길은 노끈처럼 똑바르다"라고 하는 거예요. 제가 보기엔 이 두 발언 사이에는 어질어질할 정도로 큰 차이가 있어요. 저의 심오한 일부는 "길은 똑바르다"라는 말 이상은 필요하지도 않고 그 이상의 말은 해서도 안 된다고, 그 외에는 모두 혼란을 초래할 뿐이라고 느껴요. 그렇지만 갈수록 "길은 노끈처럼 똑바르다"라고 말하는 글쓰기에서 더 큰 쾌감을 느끼게 되더라고요. 하지만 아무리 그래도 "길이 있다"와 "노끈이 있다"라고 해보세요. 정말이지 그 둘 사이에 대체 무슨 관계가 있는 거죠? 이 문제가 여전히 날 괴롭히네요.

콧 그럼 아까 우리가 나누던 이야기로 돌아가보죠. 이전에 하시던 것과는 다른 방식으로 글을 쓰는 데 흥미가 생길지도 모르신다고요.

손택 그래요, 다르게 글을 쓰고 싶어요. 지금 갖고 있는 자유와 다른 종류의 자유를 찾고 싶어요. 난 작가로서 분명히 소정의 자유를 누리고 있지만, 내게 결여된 다른 자유도 있거든요. 그런 자유를 찾는 유일한 길은 실천뿐이에요. 카프카는 글을 쓰려면 아무리 고독해도 충분치 않다고 했는데, 그의 말이 옳아요.

"그 작가들을 철저히 흡수했는데
다시 읽는다고 해서 무슨 의미가 있겠어요?
외려 그 두 작가에게서 배운 게 뭐든
거기서 탈피하고 싶을 뿐이에요"

콧 신경 체계가 어느 정도 사람의 글 쓰는 스타일을 결정하기 때문에, 이게 단순히 옷을 갈아입는 문제 같은 게 아니라고 생각하지는 않으세요?

손택 저는 신경 체계보다는 강력한 것들이 있다고 믿어요. 하지만 내 신경 체계는 20년 전과는 확연히 다르죠. 난 성인이 된 후로 내내 아주 소량의 향정신성 약제를 복용해왔어요. 마리화나가 —아주 소량 했는데도—내 신경 체계를 바꾸어놓았죠. 예를 들어 긴장을 푸는 데 도움을 주었어요. 멍청한 소리 같지만 사실이에요. 마리화나를 피우기 전에는 지금처럼 진짜로 마음이 느긋했던 적이 없어요. 마리화나를 처음 피운 건 스물두 살 무렵이었죠. 긴장을 풀기 위해서 꼭 마리화나를 피울 필요는 없었지만, 그저 마음속 느긋한 나 자신의 일부분과 접속한 거였어요. 그러면 긴장이 풀리는지, 그게 좋은지 뭔지, 그래서 뭐가 나오는지 아무것도 몰랐어요.(웃음) 그저 똑같은 방식으로 조용히 있는 법을 몰랐을 뿐이죠. 그래서 약에서 실제로 배운 건 어떤 수동성 같은 건데, 전 아주 불안한 사람이었기 때문에 저한테는 좋은 거였죠. 좋은 의미에서, 라이히적인 의미의 수동성 말이에요. 왜냐하면 저는 항상 뭔가를 해야만 했거든요.
저는 한시도 가만히 있지 못하는 아이였고, 내가 아이라는 사실이 너무 짜증이 나서 허구한 날 분주했어요. 여덟인가 아홉 살 되었을 때는 미친 듯이 글을 써대고 있었죠. 가만히 있는 걸 견디지 못했던 거예요. 그리고 이십 대 초반에 마리화나를 약간 피우기 시작했을 때는, 그냥 한 모금 깊이 마시는 것만으로도 가끔 가다 동면을 한다는 게 어떤 걸까 조금쯤 알게 되었죠. 그게 제 신경 체계가 배운 교훈이에요. 느긋하게 쉴 수 있는 능력이 삶을 아주 조금 낫게 해준 거죠. 전 그때처럼 불안하지 않고, 소모적인 짓거리들을 훨씬 덜 하고, 이런저런 일들을 조금은 더 매끄럽게 처리할 수 있게 됐어요. 물론 마리화나를 피우는 대신 당구를 쳤어도 이런 교훈을 얻을 수 있었겠지만요.(웃음) 어쨌거나 실제로 제게는 도움이 되는 일이었어요. 물론 그렇다고 제 문체까지 바뀌지는 않았죠. 그래서 글쓰기가 뭔가 훨씬 더 강력한 것으로부터 나온다고 말하는 거예요.
지금 제가 무슨 말을 하려는 거냐면, 글은 아주 여러 가지 다른 것들에서 나온다는 거죠. 일단 진심으로 사랑하고 존경하는 것들을 근거로 글을 씁니다. 그러나 그런 영향들은 고갈될 수 있고 실제로 다 소진해버리게 되어요. 열여섯 살 때는 작가들 중에서도 제라드 맨리 홉킨스와 듀나 반스Djuna Barnes, 1892~1982. 미국의 여성 시인 · 소설가 · 저널리스트 · 화가를 열렬하게 좋아했죠. 지금은 둘 다 도저히 못 읽겠더라고요. 그렇지만 각자 그 나름대로 훌륭하다고 생각하지 않는다는 얘기는 아니에요. 그냥 그 사람들로부터 배울 수 있는 모든 걸 배웠고, 그들의 글쓰기가 내 머릿속에 새겨져 있어서 줄줄 외울 정도라는 말이죠. 그 작가들을 철저히 흡수했는데 다시 읽는다고 해서 무슨 의미가 있겠어요? 외려 그 두 작가에게서 배운 게 뭐든 거기서 탈피하고 싶을 뿐이에요.
젊었을 때 어떤 대상과 몹시 강렬하게 동화되는 것만큼 자연스러운 일은 없다고 생각해요. 그게 너무나 자기 자신의 일부이기 때문이지요. 그 시기에는 아무것도 모르고, 또 열렬하게 어떤 모델을 갖고 싶다고 원하기 때문에 훨씬 더 민감하게 수용하게 되는 거예요. 그러나 해럴드 블룸이 묘사하는 것처럼 프로이트적인 건 전혀 아니라고 봐요. 스스로 받은 문학적 영향들을 파괴하고 싶은 살인 충동 같은 게 있는 것도 아니고요. 그냥 그 영향들을 소진해버리면 더 이상 쓸모가 없어지는 것뿐이죠. 자기가 받은 문학적 영향을 반박하고 다른 대안들을 시도해보고 싶은 자연스러운 충동이 있기도 하고요. 그러나 지금 저를 군침 돌게 만드는 산문이 엘리자베스 하드윅이나 윌리엄 개스 같은 종류라면, 그건 바로 20년 전이라면 제가 그런 식으로 반응했을 리가 없기 때문인 거죠. 20년 전에 저는 카프카에게 그런 반응을 보였지만, 지금은 카프카에게서 배울 건 다 배웠다는 생각이 든단 말이에요. 과거의 제 취향으로 보면 생경한 것들에 동조하는 건 흥미진진해요. 초기의 작품을 매도하려는 게 아니라, 그저 새로운 피의 수혈이 필요하고 새로운 자양분과 영감이 필요하기 때문이지요. 제 정체성과 다른 것들을 제가 좋아하고, 또 저 자신이 아닌 것들, 제가 모르는 것들을 배우려 애쓰는 걸 좋아하기도 하고요.

콧 고등학교 때도 제인 오스틴이나 스탕달을 읽은 기억이 나지만, 그때는 그냥 흘려보내다시피 했거든요. 그런데 수년 뒤에 읽고는 엄청난 감동을 받았지요.

손택 틀린 말씀은 아니에요. 저 역시 『오만과 편견』이나 『적과 흑』을 십 대 때 읽고 '뭐가 그렇게 위대하다는 거야?'라는 생각을 했었죠. 그런데 삼십 대 초반에 다시 읽고 나서야 세상에서 가장 위대한 작품이라는 걸 깨달았어요. 경험이 쌓여야만 진짜로 가치를 평가할 수 있는 그런 부류의 소설이 있다는 데 저 역시 동감합니다. 그런가 하면 2년 전에 『카라마조프의 형제들』을 다시 읽었는데, 십 대 때와 다름없는, 아니 심지어 더 큰 감동을 받았거든요. 제 말은, 정말로 그 무엇보다 가슴 벅차고 열정적이며 크나큰 영감을 주는 고양된 작품이란 말입니다……. 그 책을 읽은 뒤로 몇 주일 동안 날아다니는 기분이었어요. 정말 믿을 수가 없어, 이제는 왜 살아야 하는지 알 것 같아! 그런 생각이 들었어요. 처음 읽은 뒤로 너무나 오랜 세월이 지났는데

열일곱 살 때와 정확히 똑같은 감흥이 느껴지더란 말이죠. 『카라마조프의 형제들』은 읽을 때 나이를 불문하고 항상 무언가를 전달해주는 그런 책이라는 생각이 들어요. 그렇지만 『적과 흑』이나 『황금 주발The Golden Bowl』영국 소설가 헨리 제임스의 소설처럼 성인이 되어야 읽을 수 있는 작품들도 있지요.

콧 대학교 때 『황금 주발』을 읽고 완전히 매료되었던 적이 있습니다. 그렇지만 선생님처럼 저 역시 그때는 지나치게 자주 그걸 흡입하던 때라, 지금은 그 소설을 다시 읽을 만한 집중력이 있을지 자신이 없네요.

손택 헨리 제임스의 『카사마시마 공주The Princess Casamassima』 읽어봤나요? 정말 근사해요, 꼭 읽어보세요. 그 소설이 진짜 1960년대에 대한 이야기라니까요! 하지만 요점은 사람이 이 세계의 일원이 되면, 그러니까 그런 것들에 신경을 쓰는 세계에 들어오게 되면, 항상 새로운 요리를 만들어 먹는 것 같아서 다른 요리 방식들을 계속 배우게 되고, 신이 나서 이것저것 계속 원하게 되는 거죠. 그렇지만 제 생각은, 자기 안에서 뭔가를 소진할 수 있다고 봐요. 그렇지만 언제든지 소진된 영감의 원천으로 돌아올 수도 있어요. 그러니까 절대 단정 짓는 판단을 내려서는 안 되는 거예요……. 물론 제가 말한 대로 정말로 유년기의 일환이어서 영영 다시는 체험할 수 없는 것들도 있지만 말이에요.

콧 어렸을 때 읽으신 책 중에서 작가가 되고 싶다는 소망을 품게 만든 책이 있습니까?

손택 제게 작가가 되고 싶다는 마음이 들게 만든 책은 잭 런던의 『마틴 에덴』이었어요. 그런데 마지막에 자살이 나왔지요! 전 그 책을 열세 살 때 읽었어요. 요즘 그 책을 읽으면 아마 그때 같은 흥분은 절대 느낄 수 없을 거예요. 잭 런던은 현재를 사는 성인에게 충분한 만족감을 주는 작가는 아니니까요.

콧 직업적인 관심사는 차치하고, 선생님께서 진짜 흥분을 느꼈던 책은 무엇입니까?

손택 퀴리 부인의 딸인 이브가 쓴 퀴리 부인 전기였어요. 1940년대에는 굉장히 유명한 책이었지요. 일곱 살 때쯤 읽었을 거예요. 어쩌면 더 일찍, 여섯 살 때 읽었는지도 모르겠네요.

콧 여섯 살 때 책을 읽으셨다고요?

손택 네, 세 살 때부터 독서를 시작했거든요. 읽고 처음으로 감동을 받은 소설은 『레미제라블』이었어요. 엉엉 울고 흐느끼고 통곡을 했죠. 책을 읽는 아이는, 집 안에 돌아다니는 책들을 그냥 읽게 마련이에요. 열세 살쯤에는 만과 조이스, 엘리엇과 카프카 그리고 지드를 읽었죠. 대체로 유럽 작가들이었어요. 미국 문학은 한참 후에야 알게 되었고요. 모던라이브러리 문고판에서 많은 작가들을 처음 알게 되었죠. 그때는 홀마크 카드 상점에서 그 문고판을 팔았는데, 용돈을 모아서 그 책들을 전부 다 사들이곤 했어요. 심지어 애덤 스미스의 『국부론』 같은 진짜 재미없는 책들도 다 샀어요.(웃음) 모던라이브러리의 책들은 전부 멋질 거라고 생각했거든요.

콧 그렇지만 고등학교에 진학하시면서부터는 지금 말씀하신 것보다 훨씬 쉬운 책들을 읽으셔야 했을 텐데요. 제가 고등학교에 다닐 때는 무조건 조지 엘리엇의 『사일러스 마너』를 읽어야 했거든요.

손택 저도 그랬어요. 1940년대 말에 고등학교에 다녔고 1950년대 초반에 대학을 다녔는데, 제가 선생님보다 열 살은 연상이지만 우리 고등학교 커리큘럼도 거의 비슷했습니다.

콧 그리고 컬럼비아대학교에서 1960년대에 강의를 하셨죠. 그때 제가 학부생이었는데요.

손택 컬럼비아에서 강의하던 시절은 정말 좋았어요. 그때를 생각하면 향수에 젖는답니다. '인문학과 현대 문명' 강의를 맡아 가르

쳤기 때문에, 예를 들자면 『일리아드』 같은 책을 매년 읽어야 했어요. 아주 많은 사람들이 참조 자료를 다 어디서 찾아내느냐고 물어요. 글쎄요, 상당수는 다 외우다시피 하는 게, 출처가 되는 책들을 10년 동안 가르친 덕분이지요.

『은유로서의 질병』을 집필할 때는 굳이 다시 찾아볼 필요도 없었어요. 『일리아드』 2권에 나오는 역병과 투키디데스에 나오는 아테네 전염병, 그리고 보카치오의 플로렌스 페스트를 다 기억하고 있었거든요. 낭만주의 시대가 될 때까지 질병이라는 게 얼마나 '낭만적이지 못한' 것으로 간주되었는지에 대해 의식하게 되었지요. 이전의 책들에서는 질병이 심적인 상태나 묵시록적 운명으로 논의되지 않았어요. 어떻게 통제하고 관리하고 합리적으로 대처할까, 그런 얘기들뿐이었죠. 그리고 마음먹고 찾아봐도, 18세기 중반 이전에는 질병의 은유를 근대적으로 활용하는 예를 찾을 수가 없더군요. 질병이 인간 조건의 가장 극단적인 형태를 상징하는 이미지로 쓰인다는 발상 말입니다.

그러나 수많은 다른 관념들에도 이런 전개 양상이 똑같이 적용될 수 있더군요. 예를 들어 근대 이전에는 우리가 생각하는 섹슈얼리티의 실체에 대해—우리가 섹슈얼리티에 부여하는 온갖 생각들, 그에 수반되는 온갖 가치들 말이에요—훨씬 더 사실에 입각한 무미건조한 관점이 있었어요. 그 옛날 사람들이 섹슈얼리티에 대해 별 관심이 없었다는 게 아니라, '사랑에 빠진다'는 의미에 대해 '낭만적'인 관점에서 보지 않았다는 거죠.

그렇지만 이 말은 해야겠는데, 전 사랑에 빠진다는 개념이 프로방스의 음유시인들에 의해 발명된 거라 보지 않아요. 그 개념이 굉장히 특출하게 꽃을 피우고 번창해 중심에 자리 잡게 되고 심지어 제도화된 건 맞지만요. 그것도 한 가지 범례긴 하지만, 에로틱하고 낭만적인 열정이라면 고대와 동양 문학에서도 많은 사례를 볼 수 있거든요. 무라사키 부인의 『겐지 이야기』에서도 낭만적인 사랑이 나오죠. 그러니까 제 말은, 사람들은 나른 인간에게 강박적으로 집착한다는 게 어떤 건지 이미 알고 있었다는 거예요.

콧 질병과 사랑에 대해 말하자면, 제가 자주 하던 생각인데요, 좀 다른 식이긴 하지만, 토마스 만의 『마의 산』과 이탈로 스베보 Italo Svevo, 1861~1928. 마르셀 프루스트에 비견되는 이탈리아 작가의 『제노의 고백The Confessions of Zeno』이 질병과 사랑을 다룬다고 볼 수 있지 않을까요. 후자의 소설이 좀 더 무심하고 태평한 아이러니로 전자의 무게와 불길함을 상쇄해주지만요. 그런데 선생님께서는 질병에 대한 책을 쓰셨지만 아직 사랑에 대한 책은 쓰지 않으셨죠.

손택 쓰고 싶어요! 그렇지만 사랑에 대해 글을 쓰려면 용기가 필요하답니다. 왜냐하면 어쩐지 자기 얘기를 쓰는 것 같아서 부끄러워지거든요. 알리고 싶지 않은 걸 사람들에게 들키게 될 것 같아서요. 그리고 어떤 면에서 사생활을 지키고 싶기 때문이에요. 사실 나 자신에 대해 쓰는 게 아니더라도 사람들은 그렇게 받아들일 테고, 그래서 소심해진다고 할까요. 하지만 사실 수 년 동안 사랑에 대한 에세이를 쓰려고 메모를 해왔어요. 아주, 아주 오래된 열정이죠.

콧 수줍다는 말씀을 하시다니 재미있네요. 선생님께서는 제가 1960년대 초반에 뵈었을 때보다 훨씬 수줍음이 덜해지신 것 같은데요.

손택 그래요, 그건 그래요.

콧 최근에 선생님의 에세이 「하노이 여행 Trip to Hanoi」을 다시 읽다가 이런 글을 봤습니다. "여기서는 누군가 점잖지 못하게 굴면 정말 좋겠다. 자기 사생활과 감정에 대해 말하면 좋겠다. '감정'에 휩쓸리면 좋겠다." 그리고 에세이의 2부에서 선생님께서는 북베트남을 이해하기 시작했다고 하시죠. 마치 예전에는 난해했지만 이제는 투명하게 의미를 드러내는 예술 작품처럼 말입니다. 심지어 예술 작품보다 북베트남을 더 잘 이해하게 되었다고요.

손택 그런 얘기를 2부까지 기다렸다가 썼던 이유는 베트남 사람들이 우리와 다르다는 걸 인지하는 게 대단히 중요하다고 느꼈기 때문입니다. 전 우리가 다 똑같은 인간이며 가족이라는 자유주의적 생각을 좋아하지 않아요. 문화적 차이는 실제로 존재하고, 그런 차이에 민감한 건 대단히 중요하다고 여기죠. 그래서 제가 인지할 수 있는 관용을 보여주기를 바라며 그들과 소통하려고 버둥거리기를 이젠 그만두었습니다. 그들이 관용을 표현하는 방식은 제 방식과 다르니까요. 그들도 물려받은 언행의 전통이 있고, 친밀함의 의미 역시 우리와 달라요. 세계에 대한 일종의 경의를 배우는 것 같았어요. 세계는 복잡하고, 우리가 생각하는 당위로 환원될 수는 없습니다.

"저는 사람들이 어떻게 살든,
어떻든 아무런 상관도 하지 않을 정도로
거리를 두고 싶지는 않거든요"

콧 이 에세이에서 선생님께서는 최근에 쿠바를 방문했는데 쿠바 사람들은 우리와 훨씬 더 닮았다고 말씀하고 계세요. 조증이고 친밀하고 수다스럽다고요. 그리고 베트남 사람들은 훨씬 형식적이고 계산적이고 절제한다고 쓰고 계십니다. 제가 보기에는 흡사 선생님께서 마르셀 파뇰이나 장 르누아르가 만든 영화와 로베르 브레송의 영화가 어떻게 다른지 그 차이를 묘사하시는 것 같았는데요. 이런 두 사회가 영화였다면, 틀림없이 즉각적으로 둘 다 용인하셨겠지요.

손택 절대적으로 동감합니다. 지금 하신 말씀은 제게 대단히 핵심적으로 중요한 것과 이어져요. 당연히 저는, 예술로 재현된 걸 이해할 때보다 제 삶에서 훨씬 더 편협하고 촌스러워요. 예술에 대해서는 훨씬 보편적이고 차이를 존중하죠. 그리고 확실히 저는 편협한 스타일을 가지고 있어요. 정말 친밀함을 좋아하거든요. 암호로 말하자면, 유태인적인 종류의 친밀함 말이에요. 말이 아주 많고, 자기 자신에 대한 얘기를 늘어놓고, 따뜻하고 육체적으로 표현하는 그런 사람들을 좋아하고요. 그렇지만 브레송이나 파놀의 영화 속에서 살 필요는 없어요. 그리고 제 삶을 살면서 한계를 극복해야죠.

그러니까 제가 취향이 다소 촌스럽고 편협하고 지방색이 짙다고 말하죠. 틀린 말은 아닌 것 같아요. 저는 사람들이 어떻게 살든, 어떻든 아무런 상관도 하지 않을 정도로 거리를 두고 싶지는 않거든요. 왜냐하면 사실 사람들이 '어떻든' 상관없이 그들을 받아들이고 인정할 수 있으니까요. 내 친구들은 대체로 표현이 강한 사람들이에요. 그런 게 제가 좋아하는 거니까요. 전 약간 금제가 있는 편이라 저처럼 거리낌이 많지 않은 사람들에 에워싸여 가까이 지내는 걸 좋아해요. 그래야 저도 마음을 터놓을 수 있고 기분이 좋아지거든요. 그건 제가 지닌 단 하나의 삶이기 때문이죠. 그러나 영화나 다른 것들에 대해 생각할 때면 세계를 생각하게 되고, 그러면 어떤 사람들은 이렇게도 살고 또 어떤 사람들은 저렇게도 산다는 생각에 마음이 너무나 편안해지죠.

콧 사랑을 글의 소재로 또 감정으로 생각하신다면 영화를 감상하듯이 열린 태도로 보십니까, 아니면 선생님께서 삶을 영위하듯 과묵하고 약간은 편협한 방식으로 보십니까?

손택 제게 진정한 전환점은 그 베트남 에세이였어요. 그게 제 자신에 대해 쓴 첫 번째 글이거든요. 아주 소심하게 쓰긴 했지만 말이지요. 그 글을 쓰는데 엄청난 희생을 하는 것처럼 느껴지더군요. 세상에, 난 이 전쟁이 정말 싫어, 그러니까 내 이 작은 수고를 바치려면 이 정도는 달갑게 할 수 있다고. 생각은 그랬지만 사실 의식적인 희생이었어요. 나 자신에 대해 글을 쓰고 싶지 않아, 그냥 '저들'에 대해서만 쓰고 싶어. 그러나 '저로서는' 저들에 대해 글을 쓰는 최선의 방법이 나 자신을 포함시키는 것임을 깨닫고 희생을 하게 된 거예요. 그 일로 전 달라졌어요. 작가로서 소정의 자유를 얻었다는 걸 깨달았죠. 심지어 제가 원하는 줄도 몰랐던 건데 말이죠. 그래서 저는 조심스럽게 그 자유를 자전적인 단편들에서 탐색하기 시작했죠.

콧 "새로운 감정들을 의식하게 만드는 사건은 언제나 한 사람이

겪을 수 있는 가장 중요한 경험이다"라는 말씀을 실제로 하신 적이 있습니다. 그리고 이런 말씀도 하셨어요. "차분하게 사랑하고, 양가감정 없이 신뢰하고, 자기 조롱 없이 소망하며, 용기 있게 행동하고, 무한한 에너지를 끌어내 수고로운 작업을 해낼 수 있다는 건 결코 단순하지 않다." 그 글을 읽으면서 저는 찰리 채플린이 〈위대한 독재자〉의 마지막에서 했던 위대한 인본주의적 연설을 지켜볼 때와 마찬가지로 크나큰 감동을 받았습니다.

손택 저도 그러면 좋겠는데 너무나 어려워요. 문제는 의식이 정말 너무나 굉장한 도구라는 거예요. 그래서 만사를 의식하게 되면 그 즉시 그 이상을 의식하게 된단 말이죠. 그리고 자기 자신에 대한 이상을 정립하게 되면 그 순간, 즉시 그 이상의 한계를 보게 되고요.

콧 제가 방금 인용한 선생님의 선언은 플루타르크나 공자가 했다 해도 이상하지 않게 들리는데요. 영웅적인 감정과 행위가 세계에 존재하는 자의 이상적인 길로 여겨지던 시절 말이지요.

손택 저는 고결한 행위라는 개념에 깊은 애착을 느껴요. '고귀함' 같은 단어들은 지금 우리에게 아주 생경한 어감이 있죠. 최소한 속물적으로 들려요.

콧 「하노이 여행」에서 선생님께서는 노먼 모리슨Norman Morrison, 1933~1965의 분신 사건을 논하고 계십니다.(서른한 살의 볼티모어 퀘이커 교도였던 노먼 모리슨은 1965년 미국의 베트남전 참전에 반대하며 국방부 장관 로버트 S. 맥나마라의 펜타곤 사무실 밑에서 분신자살했다.) 이 글에서 선생님께서는 베트남 사람들이 그 사건을 "실용적인 효율성"의 차원이 아니라 "그 행위의 윤리적 성공, 자기 초월적 행위로서의 완결성"이라는 차원에서 바라보았다고 시사했습니다. 이상하게도 그건 선생님께서 침묵의 미학에 대한 에세이에서도 논했던 바지요. 그래서 저는 선생님의 베트남 에세이에서 예술과 삶이 조금은 합일을 이루지 않았나 생각하는데요.

손택 네, 저도 그렇다고 생각해요. 질병에 대한 제 저서에서도 어떤 면에서 예술과 삶이 하나로 어우러진다고 봅니다. 아주 강렬한 경험의 소산이니까요. 그 두 가지가 하나로 어우러졌으면 하고 바라 마지않는 곳은 제 소설인데, 『나, 그리고 그 밖의 것들』에 실린 단편들을 교정보다가 그 글들이 제게 작가가 아니라 독자로서 볼 때 공통의 테마를 가진다는 사실을 깨닫고 깜짝 놀랐어요. 자기 초월을 향한 모색, 지금과 다른, 더 나은, 더 고귀하고 더 윤리적인 사람이 되고자 노력하는 기획이라는 주제였죠. 사람이 욕망하고 영예롭게 여기는 것은 무엇이든 예술이나 명언이나 목표 또는 이상의 자질을 갖게 되고, 그리하여 윤리적인 성격을 띤다는 의미에서 그렇다는 얘기죠.

"우리는 사랑에 대해 온갖 걸 다 바라고 요청합니다.
무정부주의적이기를 청하기도 하죠"

콧 선생님의 단편들에 대해서는 조금 있다가 이야기하고 싶었습니다만, 과묵함과 솔직함이라는 개념으로 다시 돌아가서 얘기하자면…….

손택 이게 정말 복잡한 게, 전 사실—이게 무슨 발상이 되기는 하는지 모르겠는데—머릿속에 아이라는 것과 어른이라는 것에 대한 아이디어를 갖고 있거든요. 그런 생각들을 머릿속에서 굴리고 또 굴리다 보면 가끔 아무 차이가 없다, 이건 완전히 인위적인 구분이다, 그런 생각이 들 때가 있어요. 우리가 나이가 들고 피부가 좀 더 쭈글쭈글해진다고 해서 뭐가 어떻단 말이죠? 무슨 상관이에요? 나이가 몇 살이든 그게 무슨 의미가 있어요? 무언가 유치하다거나 어른스럽다는 생각에 근거해서 우리가 해야 할 일에 대해 어떤 관념을 부과하려 하면 안 된단 말이에요. 그리고 전 어린 시절에 대한 판타지들이 있어요. 실제로 제가 겪은 유년기가 아니라, 어린아이의 솔직함과 순진함과 연약함과 사물에 대한 예민한 태도로 재현되는 가치들 말이에요. 그러면 그런 자질들을 어른으로서 보전하지 않는다는 게 얼마나 끔찍한 일인가 하는 생각이 들어요.

그래서 이런 온갖 생각들을 하고 있단 말이에요. 완전히 상충되는 생각들이 늘 씨름하고 있어요. 사실 바로 오늘 아침만 해도 친구와 함께 병원에 갔는데 어쩌다 보니 진찰을 기다리는 동안 우리 대화가 정확히 이 주제를 다루게 되었어요. 제가 그런 말을 했죠. "글쎄, 나는 성인이야. 이렇게 행동해야만 해." 그런 맥락에서 성인의 행위라는 관념은 독립적이어야 하고, 자치적이어야 하고, 겁을 내면 안 된다는 뜻이죠. 그런 맥락에서 어른스러움이란 아주 긍정적인 가치들을 상징합니다. 낭만주의처럼 상상력을 상실하게 된다든가 메마르거나 화석화되는 느낌 같은 건 전혀 없죠. 어른이 된다는 건 자유, 자치권, 용기, 담대함, 깨어 있음, 자족을 의미합니다. 저는 내 안의 '아이'를 없애버리고 싶어요.

제가 지금 하려는 얘기는, 사랑에 대해 우리가 갖고 있는 생각들이 이 두 가지 조건에 대해 우리가 품고 있는 양가적인 감정에 끔찍하리만큼 휘둘린다는 겁니다. 어린 시절을 긍정적이면서 부정적으로 가치판단하고, 어른이 된다는 걸 긍정적이면서 부정적으로 가치판단하는 그런 태도 말입니다. 그리고 제 생각에는, 많은 사람들에게 사랑이 어린 시절이 상징하는 가치들로 돌아가는 걸 의미하는 것 같아요. 일과 규칙과 책임감과 몰개성처럼 메마르고 기계화된, 어른에게 어울리는 강압들에 의해 검열된 그런 가치들 말이지요. 제 말은, 사랑은 관능이고 유희이고 무책임이고 향락이며 바보같이 구는 것이고, 그래서 의존성이라든가 더 약해져서 일종의 감정적인 노예 상태로 들어가는 것, 그리고 사랑하는 사람을 무슨 부모라든가 형제 같은 존재로 대하는 그런 거라는 식으로 간주된다는 거죠. 어린아이였을 때 자유롭지 못하고 온전히 부모에게, 특히 어머니에게 의존했던 자아의 일부를 재생산하는 겁니다.

우리는 사랑에 대해 온갖 걸 다 바라고 요청합니다. 무정부주의적이기를 청하기도 하죠. 가족을 하나로 묶어놓고 사회의 질서를 유지하고 한 세대에서 다음 세대로 온갖 물질적 과정을 전달해주는 접착제 역할을 해주기를 바라기도 해요. 그러나 성과 사랑의 관계는 대단히 신비스럽습니다. 사랑에 대한 현대적 이데올로기의 일부는 성과 사랑이 항상 같이 간다는 전제를 하는 겁니다. 물론 그럴 수도 있겠지만, 제 생각에는 그렇게 되면 어느 한쪽이 손해를 보게 된다고 봐요. 아마 인간에게 가장 큰 문제는 그게 사실 '같이 가지 않는다'는 것일 겁니다. 그런데 왜 사람들은 사랑에 빠지고 싶어 하는 걸까요? 정말 흥미로운 일이죠. 부분적으로는, 다시 롤러코스터 타기를 원하는 마음으로 사랑에 빠지고자 하는 거겠죠. 상심하게 될 줄 알면서도 말이지요. 제가 사랑이라는 주제에 매료되는 지점은, 사랑에 부과된 모든 문화적 기대들과 가치들이 실제 사랑과 무슨 상관이 있는가 하는 점입니다. 제가 볼 때마다 놀라는 사람들이 있어요. "난 사랑에 빠졌어, 미친 듯이 열정적으로 사랑에 빠졌고, 그래서 이런 연애를 했어"라고 말하는 이들이에요. 온갖 것에 대한 세세한 묘사를 들어준 다음에 "얼마나 오래갔어?" 하고 물으면 그 사람은 이렇게 말하는 거예요. "일주일. 도저히 못 참아줄 사람이더라고."

저는 2, 3년보다 짧게는 연애를 해본 적이 없어요. 평생 사랑에 빠진 적이 몇 번 되지 않지만, 사랑에 빠지면 언제나 오래오래 지속되고 결국은—물론 대체로는—뭔가 대참사로 끝나곤 하죠. 하지만 일주일 동안 사랑에 빠진다는 게 대체 무슨 의미인지 모르겠어요. 제가 사랑에 빠졌다고 말할 때는 사실 그 사람과 온전히 삶을 같이했다는 뜻이에요. 우리는 함께 살았고, 연인이었으며, 여행을 다녔고, 이런저런 일들을 함께했다는 거죠. 저는 동침하지 않는 사람과 사랑해본 적이 없지만, 제가 아는 이들만 해도 동침하지 않는 상대를 사랑했다는 사람이 꽤 많아요. 제게는 그 사람들이 하는 말이 이렇게 들려요. "난 어떤 사람에게 끌렸고 환상을 품었는데 일주일 뒤 그 환상은 끝이 났어"라고요. 그러나 제가 틀렸다는 걸 알아요. 왜냐하면 십중팔구 그저 저라는 사람이 지닌 상상력의 한계에 불과할 테니까요.

콧　플라토닉한 사랑은 어떠세요?

손택　물론 저도 절대로 동침하지 않을 사람들을 열정적으로 사랑해본 적이 있어요. 그렇지만 그건 좀 다른 거라고 생각해요. 그건 우정-사랑이죠. 엄청나게 강렬한 감정이 될 수 있기도 하고, 또 다정이 넘쳐 포옹이나 뭐 그런 걸 하고 싶은 마음이 될 수도 있죠. 그렇지만 확실한 건 그 사람과 있을 때 옷을 벗고 싶다는 의미는 아니라는 거예요.

콧 하지만 어떤 우정은 에로틱할 수도 있잖아요.

손택 오, 저는 우정이 아주 에로틱하다고 생각해요. 하지만 반드시 성적일 필요는 없어요. 제가 맺는 관계들은 모두 에로틱하다고 생각해요. 만지거나 포옹하고 싶지 않은 누군가를 좋아한다는 건 상상이 가지 않거든요. 그러니까 언제나 어느 정도는 에로틱한 면이 있는 거죠. 모르겠어요, 어쩌면 또 저 자신의 섹슈얼리티를 대변해 말하고 있는 건지도 모르겠지만, 전 그렇게 많은 사람에게 매력을 느끼지 않거든요.

콧 스탕달의 사랑 이론에 대해서는 어떻게 생각하십니까?

손택 스탕달의 『연애론』을 굉장히 재미있게 읽었어요. 그 주제에 관한 책은 몇 권 없기도 하고요. 그렇지만 전 그가 사람들이 어떤 존재인지에 지나치게 몰입해 있는 것 같았어요……. 왜 있잖아요, 여기에 이러이러한 백작부인이 있었는데, 여기서는 옷을 입고 있고, 저기서는 거실에 있고, 저기 그녀 남편과 함께 있고, 저기서는 대사와 함께 있고 어쩌고저쩌고. 선생님은 유명한 사람들한테 성적인 흥분을 느끼지 않나요? 선생님한테는 그런 게 에로틱하지 않아요?

콧 사실 꼭 그렇지는 않아요. 저는 아이 같은 사람들에게 더 매력을 느끼는데, 누구라도 그럴 수 있잖아요.

손택 유명한 사람들은 항상 자기가 사실은 얼마나 상처받기 쉬운 어린아이 같은지 얘기하려고 안달하잖아요. 모르셨나요?(웃음) 난공불락의 존재 취급을 받는 게 너무 지긋지긋해서 아마 다른 누구보다 빨리 털어놓을걸요.

콧 선생님은 안 그러시잖아요. 실제로 난공불락이기도 하시고.

손택 아니, 저도 그래요. 그렇지만 우린 그런 식으로 아는 사이가 아니죠. 저는 가까워지고 싶은 사람들과 있으면 즉각적으로 제가 딱 어린아이 같다고 해명하려 들어요. 그런 강박을 느끼는 이유는 제가 그들과 동물적인 관계를 원하기 때문이에요. 그러니까 굳이 말을 계속하고 싶지가 않은 거죠. 이건 거창한 형이상학적인 관념 같은 게 절대 아니지만, 전 사람들 간에는 오로지 침묵 속에서만 일어날 수 있는 일이 있다고 생각해요. 그리고 유명한 사람일 경우에는, 항상 연기를 하거나 말을 하거나 자기 성격을 드러낼 거라는 기대를 한 몸에 받게 되거든요. 저는 누군지도 모르는데 그쪽에서는 저를 이미 알고 있는 사람들을 굉장히 많이 만나게 되고요. 그러니까 어떤 사람이 친구나 연인이나 동반자나 동료로서 내 관심을 끌면, 저는 그들이 불안감을 느끼지 않아도 되는 말없고 동물적인 사람에게 소개해주고 '싶어져요'……. 그건 자연스러운 거라고 봐요. 저는 투명해서 남들이 훤히 꿰뚫어 볼 수 있는 침묵을 좋아해요. 그리고 가끔 보면 다른 사람들이, 특히 똑똑한 사람들이 아예 자기 분열을 할 때가 있어요. 그러니까 "뭐, 제가 쓴 이런 책들 따위는 신경도 쓰지 마세요…… 이건 나라는 사람의 미미한 일부니까요"라는 식으로 말하는 거죠. 남들이 지레 겁을 먹을까 봐 달래는 데에만 집중하는 건데, 사실은 자기 자신을 부정하고 있는 거예요. 또 그럼으로써 작업은 한구석으로 몰아 치워버리고 대신 와인과 음악과 날씨 얘기만 하게 되지요. 작업은 좀 다른 이야기라서 공유할 수 없다는 느낌 때문인데요. 나라면 차라리 관심 있는 주제를 논하고 실제의 나 자신보다 단순한 척하지 않을 거예요. 안 그러면 거짓을 바탕으로 애정을 얻게 될 테니까요.

콧 작가인 폴 굿맨은 자기 관심사에 전혀 흥미가 없는 청년들에게 매력을 느낀다는 얘기를 종종 했어요. 자기는 단순히 그들의 동물적인 우아함에 끌리는 거라면서 말이지요.

손택 저도 그런 느낌을 받아볼 수 있으면 좋겠네요……. 하지만 그 유명한 아침 식사의 문제가 있어서 말이지요.

콧 그게 뭔데요?

손택 다음 날 아침 어떻게 하느냐의 문제죠. 무슨 얘기겠어요. 그러니까 이런 걸 좀 생각해봐요. 자, 누군가와 밤을 보냈어요. 같이 아침 식사를 하고 있어요. 그런데 이 사람은 오로지 성적으로만 흥미로울 뿐이고 둘 사이에는 아무런 공통점이 없다는 걸 불현듯 깨닫는 거예요. 어떻게 하시겠어요?

콧 아마 해가 뜨기 전에 나왔을걸요! 사실 저는 그런 밤과 아침을 되도록 피하려고 하는 편입니다.

손택 남자로서는 그게 남성적 섹슈얼리티의 일환이고, 순전히 성적인 관계를 갖는 것도 괜찮다는 얘기를 들어봤을 거예요. 그렇지만 여자들은 그런 얘기를 듣지 못해요. 만일 머저리 천치와 아침 식사를 먹고 있단 걸 깨닫게 되면 전 창피해지고—창피할 필요가 없다고 생각하긴 하지만요—또 어떤 기분이 드느냐 하면, 그게 아마 여성적 조건화의 일환일 텐데 말이죠, 제가 타인을 착취하고 있다는 느낌이 들어요. 그러면 이런 생각을 해요. '뭐, 남자들도 여자에게 그러지만 이런 기분을 느끼지는 않잖아.' 그래도 슬럼가를 들락거리며 쾌락을 좇는 부자가 된 느낌은 어쩔 수 없더라고요. 남성의 섹슈얼리티는 실제로 슬럼가 탐방을 기반으로 구축되었죠. 그렇지만 '내가 슬럼가를 탐하는 부자 노릇을 하고 있어. 잘하는 거야. 괜찮잖아, 안 그래?' 이런 생각이 들기는커녕—물론 아무도 그런 짓을 하지 않는 세상이 훨씬 더 좋지만요—창피하다는 생각이 든단 말이에요. 그 수치심을 존중할 수가 없어요. 전 문화적으로, 여자들이 성적으로는 남자에게 금제적인 힘을 행사한다고 봐요. 이성애 성향의 남자는 절대로 동성애 성향의 남자만큼 호색하기 힘들어요. 어쨌든 여자들을 대해야 하니까요. 여자들은 어디 가서 2분 30초 정도의 시간을 보내는 것 이상을 원하거든요.

"그 끊임없는 추구는 섹스가 아니라
사실 권력에 대한 것이라는 생각이 들어요"

콧 심지어 아침 식사를 같이하고 싶어 할 수도 있죠!

손택 심지어 아침 식사를 같이하고 싶어 할 수도 있어요.(웃음) 섹스는 다른 것들과 마찬가지로 습관이니까, 철저하게 몰개성적이고 쉽게 획득할 수 있는 2분 30초짜리 섹스가 지니는 어떤 자질이 익숙해질 수도 있지요. 저는 성적인 취향은 무한하게 다른 형상으로 빚어낼 수 있다고 생각해요. 사람들이 성적 감정이 전반적으로 시들해졌다가 다시 분출하는 걸 주기적으로 겪지 않을 리가 없거든요. 그러니까 그 끊임없는 추구는 섹스가 아니라 사실 권력에 대한 것이라는 생각이 들어요. 섹스가 강력한 힘을 휘두르고자 하는 충동으로 추동되는 온갖 양상을 생각해보세요. 그건 가끔 보면 불안감, 무가치함, 혹은 매력이 없다는 감정들과 싸우는, 문화적으로 용인된 수단처럼 보이기도 하죠.

콧 그러니까 어떤 면에서 섹슈얼리티를 일종의 은유로 볼 수도 있다고 생각하시나요?

손택 섹슈얼리티가 은유라고 생각하지는 않지만, 그 자체만으로는 굳이 연관되지 않아도 될 것까지 아울러 광범한 가치들이 부여되어 있다고 생각하긴 해요. 섹슈얼리티가 물론 그런 가치들을 수용할 수는 있죠. 하지만 이젠 엄청나게 다양한 복수의 요인이 얽혀 돌아가는 활동이 되어버렸단 말이에요. 온갖 다른 가치를 과중하게 짊어지고 있어서, 우리가 성적인 행위에 연루되어 있을 때나—섹스 상대나 그 상대의 정체성 같은 것 말이죠—혹은 왜 사람들이 섹슈얼리티로부터 도망치는지, 어째서 그런 형태로 섹슈얼리티를 원하는지를 알고자 하거나 섹슈얼리티를 사랑과 연관 짓는 양태를 이해하려 할 때면, 어쩔 수 없이 공포하게 되는 여타의 긍정과 파괴의 형식들까지도 연루하게 되었어요. 그게 워낙 엄청나게 화려한 수사의 향연이 되었고, 우리는 어쩌다 보니 그것이 우리 삶에서 중심적인, 아니 유일하게 자연적인 활동이라 여기게 된 거죠……. 하지만 당연히 그건 말도 안 되는 헛소리죠. 자연스러운 섹슈얼리티라니, 상상하기가 너무나 어렵잖아요. 우리 중 그 누구도 '자연스러운' 섹슈얼리티를 누릴 수는 없다고 봐요. 우리 삶에서 각기 다른 시기에 각기 다른 걸 의미할 수밖에 없거든요.

콧 어떤 가족 치료사의 말에 따르면 대칭적이거나 보완적인 관계 둘 중 하나가 된다고 하더군요. 말하자면 참된 두 마음의 결혼 윌리엄 셰익스피어의 소네트 116번에서 인용한 문구이 아니면 의존성의 결혼이라는 거죠.

손택 전 그런 유형학이 그냥 웃기는 소리라고 생각해요. 그런 기준으로 보면 세상에는 대칭적 관계가 1퍼센트의 1퍼센트의 1퍼센트의 1퍼센트밖에 없을 테니까요. 그리고 관계에 대해 그런 식으로 말하는 태도 역시 너무나 비역사적이고요. 우리가 가족과 사랑과 관계에 대해 갖고 있는 이 모든 관념들은 기껏해야 200~300년밖에 되지 않았어요. 그러니까 사람들은 '관계'가 '잘 돌아간다working'는 식으로 끔찍한 은유를 써요. 이성 관계가 무슨 기계라도 되는 것처럼 말이에요. 우리는 이런 이미지와 이런 부류의 기대로 가득 차 있어요. 제 말은 그러니까, 이 가족 치료사라는 사람들이 여성과 남성, 더 늙었거나 젊은 사람들과 관련해 문화적으로 배후 조종되는 붙박이 불평등들에 대한 논의를 하기는 하나요? 이 사회에서 남자와 여자가 평등한 관계를 갖는다는 게 대체 무슨 뜻이에요? 대다수 사람은 전혀 평등하지 않은 관계에 만족할 겁니다. 방금 "참된 두 마음의 결혼" 얘기를 하셨지만, 한 마음이 집 안에 남아 있는 동안 다른 마음은 사무실로 출근하겠죠.

콧　그 사이에 있는 여성들은요? 선생님은 어떠십니까?

손택　저는 아주 운이 좋아서 아주 젊었을 때 결혼해서 아이를 가졌어요. 그때 했으니까 이제는 할 필요가 없는 거죠. 그렇지만 그건 모범 사례가 아니에요. 전 더는 결혼을 하지 않는 선택을 했고, 이미 아이가 있으니까—덕분에 어머니라는 이 위대한 체험을 놓치지 않아도 되었고—프리랜서의 삶을 살기로 결심한 거예요. 몹시 불안정하고 불쾌한 일도 많고 불안과 좌절로 점철되어 있으며 오랜 기간 금욕도 해야 하는데 말이에요. 그게 제가 원하는 바라고 생각했죠……. 그렇지만 사실 그건 모델이 될 수 없어요. 나 자신의 해결책에 불과하고, 내 삶의 기획들 때문에 스스로 정당화했을 뿐이죠.

자택에서, 1979

콧 의식적인 선택이었나요?

손택 아니요. 하지만 여러 갈래의 삶을 살고 싶다는 생각은 확실히 했는데, 그렇게 여러 삶을 살면서 남편을 두는 건 아주 어려워요. 적어도 제 결혼은 그랬죠. 말도 못하게 치열한 관계였으니까. 우리는 항상 함께 있었어요. 하루 24시간 내내 어떤 사람과 함께 살면서 오랜 세월 절대 헤어지지 않으면서 동시에 성장하고 변화하고 마음 내키면 훌쩍 홍콩으로 날아가는 그런 자유를 누릴 수는 없는 법이에요……. 그건 무책임한 거잖아요. 그래서 어느 시점이 되면, 삶과 기획 둘 중 하나를 선택해야 한다고 말하는 거예요.

콧 선생님의 성함을 알고 선생님의 저작을 사랑하는 많은 사람들에게 선생님은 특별히 신비한 매력을 발산한다는 생각을 해요. 특히 제가 아는 수많은 여성들이 선생님께 대단히 열렬한 존경과 사랑을 품고 있답니다.

손택 소위 그 특별히 신비한 매력이란 게 예전에는 명성이라고 불리었죠.

콧 선생님의 경우에는 명성이고 또 신비한 매력이라고 봅니다. 그건 어떤 면에서 선생님이 언론에 나와서 자기가 데이트하는 상대에 대해 뒷이야기를 늘어놓는 유명 연예인이 아니라는 사실과 관련이 있으니까요.

손택 글쎄요, 그런 짓을 하는 진지한 작가가 어디 있나요?

콧 목록을 작성해서 읊을 수도 있는걸요.

손택 하지만 그런 사람들은 작가로서의 자기 자신을 파괴한 거죠. 그런 짓은 자기 작품에 치명적이라고 봐요. 물론 헤밍웨이나 트루먼 카포티 같은 작가들의 작품이라면 그 작가들이 공공연히 알려진 유명인이 아니었다 해도 높은 수준에 올라 있을 테지만요. 사실은 작품과 삶, 둘 중 하나를 선택해야만 해요. 대중매체가 유도하는 방식으로 자기 자신을 어느 정도까지 드러낼 것인가뿐만 아니라 아예 얼마나 연애를 할 것이냐, 그것까지 선택해야 하는 거죠.

제가 정말 아끼는 작가를 예로 들어 말하자면, 장 콕토의 일화 중에 이런 게 있어요. 십 대 후반인가 이십 대 초반에 프루스트를 보러 갔대요. 그때는 이미 프루스트가 코르크를 덧댄 밀실에 살고 있을 때였죠. 콕토는 그에게 자기 작품을 몇 점 들고 갔고 프루스트는 이렇게 말했답니다. 너는 정말 위대한 작가가 될 자질이 있지만 사회를 조심해야 한다, 라고요. 조금 외출은 해야겠지만 그걸 삶의 주로 삼지 말라고요. 그리고 프루스트는 젊었을 때 아주 사교적으로 살았던 사람으로서, 그러니까 소위 우리가 말하는 파리의 카페 사교나 제트족수시로 제트기를 타고 세계를 유람할 만큼의 부자를 일컫는 말의 삶을 살았던 사람으로서 그런 얘기를 했던 거예요. 그는 작품과 삶 중 하나를 선택해야 할 때가 온다는 걸 알고 있었죠. 인터뷰를 한다거나 자기 자신에 대한 얘기를 어디까지 할 것인가, 그런 문제만이 아니에요. 사회에서, 그러니까 천박한 의미로 사교계에서 얼마나 살아갈 것인가, 그게 문제인 거예요. 다른 사람들에게 화려하게 보이는 어리석은 나날들을 숱하게 보내는 그런 문제요.

"작가가 코르크를 덧댄 밀실에 틀어박혀야 한다는 얘기는 아니지만 엄청난 자기 절제가 있어야 한다는 생각은 해요."

콧 하지만 공쿠르 형제를 생각해보세요. 프랑스 제2제정 시대의 파리에서 거의 날마다 파티를 다니지 않았다면 그런 작품을 쓸 수 있었을까요? 어떤 면에서 그들은 걸출한 천재였지만 고급 가십 타입이었어요.

손택 그렇지만 그들은 소설과 다큐멘터리 형식을 모두 활용하는 사회 역사가들이기도 했어요. 심지어 발자크도 그랬죠. 그러나 20세기의 문제는 조금 달라요. 기회가 훨씬 더 많아졌기 때문이죠. 작가가 코르크를 덧댄 밀실에 틀어박혀야 한다는 얘기는 아니지만 엄청난 자기 절제가 있어야 한다는 생각은 해요. 그리고 작가의 소명은, 아주 심오한 의미에서 반사회적이고 이는 화가들도 마찬가지죠. 누군가 피카소에게 왜 여행을 하지 않느냐고 물은 적이 있어요. 피카소는 절대 여행을 하거나 해외로 나가지 않았거든요. 스페인에서 파리로 갔다가 다시 남프랑스로 갔지만 절대 어디를 가는 법이 없었어요. 피카소의 답은 "난 머릿속에서 여행을 다닌다"라는 것이었어요. 그런 선택을 할 수도 있다고 봐요. 어쩌면 젊었을 때는 그렇게 느끼지 못할 수도 있어요. 아마 느끼면 안 될 거예요. 하지만 나중이 되면, 단순히 좋거나 유망한 정도에서 벗어나 작가로서 방대한 작품 세계를 갖추고 진짜 성과를 얻고 위험을 감수하는 지점으로 넘어갈 때가 되면, 그때는 수년간의 작업을 해온 작가나 화가에게 그런 선택이 진짜 가능성으로 다가오게 되고, 그때는 집 안에 머물러 있어야 하는 거예요.

콧 1970년대 중반에 다른 여러 작가들과 함께 훗날 '자화상: 사람들이 스스로를 그리는 책'이라는 제목의 책에 실릴 자화상을 한 점 그려달라는 부탁을 받은 적이 있으시죠. 그때 선생님께서는 단순하게 유대의 별을 하나 그리고 그 위에 공자의 금언을 한 줄 적으셨습니다. "우리 한 사람 한 사람이 세상을 구해야 한다"라고요. 어떤 면에서 보면, 농담 반 진담 반 선생님께서 인간의 이미지를 그리지 말라는 종교적 금제에 실제로 집착하고 있는 게 아니냐는 얘기가 나올 법도 한데요.

손택 네, 제 모습을 그려달라는 청탁을 받았고 30초 만에 그려서 줬죠. 당연히 그게 최선이었어요. 깊이 생각하려 들었다면 아마 완전히 얼어붙어서 아무것도 못했을 거예요. 아주 웃기지만, 사실 화가 메리 프랭크에게 소묘 레슨을 받으려던 참이에요. 이제 와서 화가가 되고 싶은 게 아니라, 그냥 19세기적인 방식으로 소묘를 배우고 싶어서요. 존 러스킨이 베니스의 건물들을 그렸던 식으로 그림을 그리고 싶어요. 주석을 달고 연출을 하는 형식으로서 소묘를 할 수 있으면 좋겠어요.

제가 비구상적인 자화상을 그렸다는 사실을 꿰뚫어 보셨는데, 그 말씀은 맞아요. 그렇지만 그건 나 자신을 재현하고 싶지 않았기 때문이기도 했죠. 제가 『나, 그리고 그 밖의 것들』이라는 단편집을 냈는데, 온갖 복잡한 문제와 딜레마 들이 거기 들어 있어요. 사실 그중 한두 편은 자전적이기도 하지만 어쨌든 그건 『나, 그리고 그 밖의 것들』인 거예요. 그 말은 이미 '나'를 따옴표 안에 넣고 있다는 얘기이기도 하고요. 전 나 자신을 '표현'한다고 생각지 않아요. 내 작품의 요점은 '나'를 표현하지 않는 거예요. 나 자신을 '빌려줄' 수는 있지요.

"나 자신을 그린다는 건
상상도 할 수 없어요"

콧 그 말씀을 들으니 고다르가 〈비브르 사 비〉에서 인용한 몽테뉴의 말이 떠오르네요. "타인에게 너를 빌려주더라도 너 자신에게는 너를 주어라."

손택 그래요, 자아를 빌려줄 수는 있어요. 그렇지만 내가 쓰고 있는 캐릭터에게 벌어지는 어떤 일이 완벽하게 맞아떨어진다고 하면, 완전히 다른 걸 꾸며내기보다는 차라리 그대로 쓰는 게 낫죠. 그래서 가끔은 잘 맞는 것 같아서 제 삶에 있는 것들을 빌려주기도 해요. 하지만 그렇다고 '나 자신'을 표현하고 있다고 생각지는 않아요. 메리 프랭크가 그만큼 참을성이 있고, 나도 그만큼 마음을 다잡고 열심히 해서 실제로 소묘를 배웠다고 해봅시다. 나 자신을 그린다는 건 상상도 할 수 없어요. 다른 이런저런 것들 중에서 나 자신을 소재로 '쓰고' 싶기는 해요. 내 모든 작품은 실제로 세계가 존재한다는 생각을 바탕으로 하고 있고, 난 정말로 그 세계 속에 존재한다고 느끼거든요.

콧 그러니까 선생님께서는 세계 속에 있고, 그 세계는 선생님 속에 있다는 거군요.

손택 그래요, 난 내가 세계에 주의를 기울이고 있다고 느껴요. 내가 '아닌' 것들을 통렬히 의식하고 깊이 매료되거든요. 그러면 흥미가 생기고 알고 싶은 마음이 생기지요.

콧 그렇지만 선생님 안에 세계가 있다는 건 어떻습니까?

손택 당연히 그것도 맞는 말이에요. 그렇지만 그 은유가 아주 유용한 것 같지는 않아요. 저는 유아론은 근처에도 가고 싶지 않네요. 그건 현대적 감성의 엄청난 유혹이지요. 모든 게 머릿속에 있다고 생각하는 것 말이에요.

콧 선생님의 소설 『데스 키트Death Kit』가 이런 생각을 다루지 않나요?

손택 그래요. 『데스 키트』는 마치 사람 머릿속에서 길을 잃는 것 같죠.

콧 그 책에서는 사람이 자기 머릿속에 산다는 건 죽음이라고 말씀하고 계시지 않습니까?

손택 바로 그거예요. 『데스 키트』와 『은유로서의 질병』은 둘 다 같은 걸 다루고 있거든요. 후자는 내가 병에 걸렸기 때문에 하게 되었던 생각들에 근거하고 있어요. 내 목숨을 구하려고 이런 것들을 생각해야 했었죠. 그러나 그건 애초에 이런 문제들을 짚어내고 있던 누군가 다른 사람의 생각들이었단 말이에요. 나는 결국 어떤 느낌을 받았는가 하면, 질병에 대한 이런 심리학적 이론들이 사람들에게 책임을 전가할 뿐 아니라 유아론의 한 형태라는 거였어요. 왜냐하면 제대로 된 의학적 치료를 받지 못하면 실제로 죽으니까요.
상상으로 나를 매혹시키는 건 인간적으로 내 마음을 끄는 것과 전혀 다를 수 있어요. 멍청한 소리처럼 들리기 때문에 그런 구별을 하고 싶지는 않지만 말이에요. 난 내 글에 책임이 있다고 진제하거든요. 글이 내게서 나왔고 내가 그 글을 쓰는 사람이니까요. 그렇지만 내 삶이 글쓰기와 같은 방식으로, 같은 것들을 중심으로 해서 조직되어 있다고 보지는 않아요. 나는 자전적으로 글을 쓰지 않고 내 판타지들을 따라가는데, 내 판타지들은 세계에 대한 판타지이지 그런 일들을 하는 나에 대한 판타지가 아니거든요. 그 판타지들은 이런 것들이 존재한다는 사실과 연관된 매혹이지만, 나는 다른 많은 사람들과는 달리 그런 걸 사적인 유혹으로 겪지 않아요. 그렇다고 그게 좋다는 얘기는 아니에요. 그냥 존재 양식이 다르다는 거죠. 아까도 말했지만 내가 글에서 다루는 것들이 꼭 내 마음을 끄는 것들은 아니거든요. 내가 글로 다루는 것들 중에는 사적으로 전혀 경험해본 적도 없거니와 심지어 사적으로 경험하고 싶은 유혹조차 느껴보지 못한 것들도 많답니다.

콧 아무튼 선생님께서는 그런 것들을 초절한다는 느낌을 받으신다고 말한다면 과언일까요?

손택 그게 초절인지는 잘 모르겠어요. 초절은 긍정적인 단어잖아요. 그렇다고 부정적으로 말하려면 '분리disassociation'라고 말해야 할 텐데, 차라리 그 어느 쪽으로도 말하지 않겠다는 얘기예요. 내 상상력이 제멋대로 뛰어다니게 두는 건 나를 어디 다른 곳으로 데려가주는 교통수단 같아요. 정확하게 내가 하는 일, 생각하고 느끼는 것, 내가 사는 방식과 사람들과의 관계에서 벗어나게 해주거든요. 그래서 그런 게 좋은 거죠. 그래서 자전적인 글을 쓰지 않는 거고요. 전 제가 상상하는 것들이나, 제가 아니라 세계 속에서 벌어지는 일들에 대해서 글을 쓰고 싶어요.

콧 그러나 사고와 감정이 그러하듯 선생님이 아닌 것 역시 선생님의 일부일 수도 있지 않습니까.

손택 그럼요. 내가 나 자신을 표현하지 '않는다'는 게 아니라 그건 내가 좋아하는 모델이 아니라는 얘기예요. 모두들 말했듯, 현대는 자의식의 시대예요. 오늘날 진지하게 글을 쓰는 작가 중에 나이브한 사람은 없어요. 과거에는 형식의 문제라든가 자기가 하는 작업과 관계를 맺는 방식에서 순진하다고 할 수 있는 진지한 작가들이 있었어요. 그런 사람들은 일종의 사회적 합의에 휩쓸리게 마련인데, 혹시 운이 좋아서 문화적으로 고조된 시기에 살면 손에 닿는 소재들이 워낙 훌륭하겠죠……. 뭐, 바로크음악처럼 말이에요. 좋지 않은 바로크음악은 거의 없는데, 몇몇 바로크 작곡이 다른 것들보다 좋기 때문이기도 하지만, 당시 음악의 형식과 언어가 워낙 높은 수준에 올라 있었기 때문이지요. 우리는 이제 그런 시대에 사는 게 아니고요. 내가 아는 대부분의 작가들은—당연히 저 자신을 포함해서요—이제 모든 책이 다른 책과 차별화되는 무언가를 가져야 한다는 느낌을 받고 있어요.

콧 제가 보기에는 『나, 그리고 그 밖의 것들』의 단편들은 모두 서로 다른 것 같던데요.

손택 『나, 그리고 그 밖의 것들』에는 여덟 편의 단편이 수록되어 있는데, 그건 제게 여덟 가지 서로 다른 작업 방식입니다. 전 오늘날 모든 일은 도약이고 위험이고 위협이며, 그게 바로 흥분이고 짜릿함이라고 생각해요. 자기 자신을 최대한 확장하고 초월하려고 노력하는 것 말입니다. 이에 필요한 집중력을 갖기 위해서는 순진한 상태로 일해서는 안 돼요. 다른 사람들이 자기한테 바라는 행위나 모습에 자아를 너무 많이 빌려주면 희석되거나 흩어져버릴 수도 있는 어떤 강렬한 내면성의 상태로 작업을 해야 하죠. 내 작업에 대한 타인의 생각이나 타인이 나에 대해 쓰는 글들을 너무 많이 접하고 읽어도 안 되고요.

"요즘은 고급 현대미술에 대해 비열한 악감이 팽배해 있는데, 정말이지 기운이 쭉 빠져요"

콧 많은 사람들이 미국의 시와 소설에 대해 대단히 근시안적이고 인습적인 견해를 견지하며 예컨대 미나 로이Mina Loy, 1882~1966, 링크 길레스피Link Gillespie, 해리 크로스비Harry Crosby, 1898~1929, 특히 로라 라이딩Laura Riding, 1901~1991과 폴 굿맨의 매혹적인 작품들이 있다는 걸 잊는 경향이 있습니다. 마침 굿맨의 위대한 소설 『엠파이어 시티The Empire City』를 다 읽었거든요. 1930년대 초반에 굿맨이 쓴 걸출한 '존슨' 단편들도 함께 읽었고요. 당시 그의 나이가 스물 하나였어요.

손택 절대 동감입니다. 방금 제게 모델이 된 두 사람을 언급하셨는데요, 로라 라이딩의 『이야기의 진보Progress of Stories』는 제게 글쓰기의 어떤 규준을 정립해주었어요. 사실 이 작품에 대해서 아는 사람은 거의 없고, 지금 그렇게 좋은 작업을 하는 사람도 아무도 없거든요. 그리고 단순히 작업을 안 한다는 게 문제가 아니라 그 근처에도 가지 못한다는 거죠. 그리고 선생님처럼 저 역시 폴 굿맨의 '존슨' 단편들이 20세기 미국 문학의 주요 성과 중 하나라고 봅니다.(세 명의 젊은 뉴요커—두 남자와 한 여자—가 얽히고설키는 관계를 다룬 여덟 편의 독창적인 '존슨' 단편들은 굿맨의 『우리 진영의 해산: 단편집, 1932-1935The Breakup of Our Camp:

Stories, 1932-1935』에 포함되어 있다. 블랙스패로 출판사에서 1978년 출간.) 제 생각에는 그가 우리 시대를 대표하는 가장 위대한 소설가일 수도 있어요. 하지만 그는 치열한 지적·정치적 열정을 지니고 점점 더 에세이를 쓰는 일에 매진하고 있지요. 그래서 허구의 결이 점점 더 얇아지고 있어요. 그러나 그가 이십 대 초반에 쓴 단편들은 문학의 위대한 성취가 분명합니다.

잠이 오지 않는 새벽 네 시에 제가 하는 것 중 하나는, 양을 세는 대신 머릿속으로 문학 선집을 기획하는 거예요. 그 아이디어들 중 하나가 로라 라이딩이나 폴 굿맨 같은 작가들의 단편 선집이죠. 이 모든 일이 결국은 잘 정리되고 이런 작가들이 자기 독자층을 찾을 수 있을 거라 굳게 믿습니다.(손택의 일기 『의식은 육체의 굴레에 묶여 있기에』에 수록된 1978년 8월 20일 자 일기에는 로베르트 발저의 「툰의 클라이스트Kleist in Thun」, 이탈로 칼비노의 「달의 거리The Distance of the Moon」, 로라 라이딩의 「마지막 지리 수업A Last Lesson in Geography」, 폴 굿맨의 「일 분 일 분이 눈폭풍처럼 휘몰아쳐 지나간다The Minutes are Flying by Like a Snowstorm」 같은 작품들이 수록된 "이상적인 단편 선집"이 구상되어 있다.)

그렇지만 이 말은 해야겠어요. 요즘 사람들과 대화를 나누며 듣게 된 얘기로는, 그간 소위 모더니즘이나 아방가르드라고 불리던 것들을 도매금으로 싸잡아 폄하하는 분위기가 있는 것 같더군요. 다들 그 버스에서 뛰어내리면서 그런 건 아무 쓸모가 없고 파산 상태고 우리가 이해할 수도 없고 유행에도 뒤처

졌으며 피상성이 입증되었다고 깎아내리느라 바쁘거든요. 심지어 롤랑 바르트도 저한테 그런 말을 했어요. 10년 전에 로브그리예와 고다르 얘기를 하던 사람들이 요즘은 톨스토이와 콜레트를 논해요. 그런데 전 그런 전반적인 경향에 반대로 가고 싶은 마음이 굴뚝같아요. 모더니즘이나 아방가르드 같은 단어들을 쓰겠다는 게 아니에요. 그 단어들은 이제 고갈되었고 퇴출될 때가 되었죠. 그렇지만 소설을 어떻게 쓸까 방법론을 생각하고 싶으면 전 로라 라이딩이나 폴 굿맨의 초기작을 읽을 것이고, 현대의 작품이—새로운 형식을 찾으려는 시도가—이젠 더 이상 옹호조차 받지 못하는 프로젝트가 되어버린 이런 지경이 놀라울 뿐이에요.

60년대 초반 글쓰기를 시작했을 때 저는 소위 '모던'을 옹호하고 있었어요. 특히 문학에서의 '모던'을요. 당시 팽배해 있던 접근 방식이 매우 세속적이었기 때문이지요. 그리고 대략 10년에 걸쳐 제가 지지하는 견해들은 점점 더 흔해졌어요. 그러나 지난 5년 동안을 살펴보면, 사람들이 예전의 입장으로 돌아간 것 같지가 않아요. 더 나빠졌어요. 예전에는 무지해서 좋아하지 않았거든요. 아예 모르니까. 그런데 요즘은 뭘 좀 알면서 우월감을 느끼기 때문에 좋아하지 않아요. 그러니까 실제로 나서서 쇤베르크나 조이스나 머스 커닝햄을 옹호해야 한단 말이에요.

요즘은 고급 현대미술에 대해 비열한 악감이 팽배해 있는데, 정말이지 기운이 쭉 빠져요. 그래서 굳이 에세이 형식으로 그런 논쟁에 장단을 맞춰주고 싶은 마음조차 들지 않는 거예요. 60년대 후반에는 정말로 이 전쟁에서 승리했다는 기분이 들었는데, 그건 정말 찰나의 승리감이었죠. 누가 제게 도스토옙스키는 너무 '혼란스러워서' 싫다고 말하면 이렇게 말해줘요. 잠깐만! 사람들이 질려서 좀 쉬어야 한다고 하는데, 난 정말 이해가 안 돼. 대체 왜 사람들을 쉬게 해줘야 하는 거지?(웃음)

콧 선생님이 연출하신 영화 〈내 동생 칼Brother Carl〉이 절정에 달하는 순간, 주인공은 기적적으로 벙어리 소녀의 말문이 트이게 만들죠. 그 영화 각본의 서문에서 선생님께서는 이렇게 쓰셨어요. "삶에서 유일하게 흥미로운 활동은 기적이 아니면 기적을 행하려다 실패하는 것이다. 기적은 아직까지 예술에 남아 있는 유일하게 심오한 소재다." 선생님께서는 정말로 기적을 믿으십니까?

손택 세상에는 범상치 않은 일들이 일어나고, 그런 일들이 모든 걸 바꿀 수 있으며, 행위가 의식의 현현과 등가물이 될 수 있으며, 불가사의해 보이는 일들이 실제로 일어날 수 있다고 믿습니다. 그렇다고 해명할 수 없다는 얘기는 아니죠. 사실이 있다면 해명하지 못할 일은 없으니까요. 그냥 우연으로밖에 설명할 수 없다 해도 말이죠. 뭐, 시계가 멈춰도 하루에 두 번은 맞잖아요.

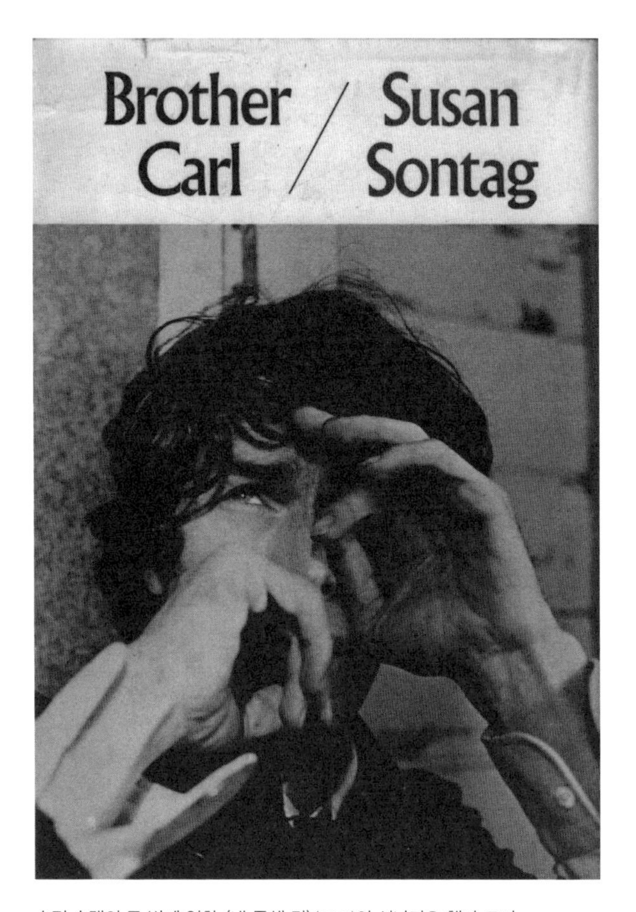

수전 손택의 두 번째 영화 〈내 동생 칼〉(1971)의 시나리오 책자 표지

콧 그건 누가 한 말인가요?

손택 몰라요. 〈매드Mad〉1952년 창간된 미국의 유머 전문 잡지에서 읽은 것 같아요.(웃음) 그러니까 기적이라는 말로 해명할 수 없는 사건을 의미한다면 그건 거의 무의미한 개념에 가까워요. 아까 제가 말했듯이 그런 사건을 유발하는 선행 사건을 언제나 찾아낼 수 있기 때문이에요. 사건이란 반드시 연속되는 일련의 사건들로 발생하며, 따라서 어떤 식으로든 해명을 만들어낼 수가 있거든요. 그렇지만 일어나는 일들 중에는 여전히 영문을 알 수 없는 사건들이, 아니면 기대에 부응하지 않는 사건들이 있어요. 그런 사건들이 열어놓는 간극에서 한층 더 강렬하고 창조적이고 담대한 행동이 생겨날 수 있는 것 같아요. 그리고 연속적인 사건들을 뚝뚝 끊어놓는 것처럼 보이는 그런 일들이야말로 현현처럼 느껴지지요.

하지만 언제나 좋은 건 아니에요. 더욱이 가끔은 끔찍하기도 하고요. 예를 들어 히틀러 역시 어떤 면에서 이런 식으로 설명할 수 있거든요. 그가 말하고 실천한 모든 것의 선례가 사실 독일 역사에 이미 존재해요. 하지만 히틀러 같은 인물이 히틀러만의 방식으로 모든 것을 한데 합치고 효율적으로 만들었기 때문에 그 누구도 도달하지 못한 경지까지 한 차원 더 밀고 나간 것이거든요. 히틀러가 없었다면 그렇게까지 나아갔을 리가 없다고 믿을 만한 근거가 분명히 있습니다. 그건 그저 발상이

나 조직의 문제가 아니라 그 인간이 다른 사람들에게 행사한 악마적인 권력의 문제였으니까요.

제 인생과 또 다른 이들의 삶 속에서도 그런 경험을 해본 적이 있습니다. 제게는 이것이 픽션과 예술의 주제로도 매혹적입니다. 말씀드린 대로, 저는 현현 비슷한 개념과 연결을 시키고 싶거든요. 기적은 새로운 시작과도 같죠. 그러나 다른 모든 관념이 그렇듯 원래의 모습을 찾아볼 수 없을 정도로 싸구려로 변조되었어요. 그래서 제 영화 〈내 동생 칼〉에서는 칼이 실제로 기적을 행하기 전까지는 기적을 행하지 못하는—방금 익사한 여인을 살려내지 못하는—모습을 보여주는 게 중요했어요. 전통적이고 종교적인 지혜가 비전秘傳으로서 전수받을 자격이 있는지를 시험하기 위해 일종의 통과의례를 거쳐야 하는 경우가 많았던 데에는 이유가 있어요. 그냥 모든 사람을 위한 게 아니었기 때문이죠. 요즘은 맥락과 상관없이 아무 말이나 할 수가 있어요. 현대 커뮤니케이션 시스템의 본질은 어떤 말이든 할 수 있고, 모든 맥락은 동등해서 사물이 동시에 서로 다른 맥락들 속에 놓일 수 있다는 것이죠. 사진이 그래요. 그렇지만 그런 상황은 심각하게 타협적인 데가 있어요. 물론 전례 없는 행위와 의식의 자유를 허락하기 때문에 엄청난 이점이 있기도 하죠. 그러나 독창적이거나 심오한 의미들이 훼손되지 않도록 보존할 수 없다는 뜻이기도 해요. 실망을 주고 오염되고 순수성이 희석되고 변형되고 형질이 전환될 테니까요. 그런 세상에서는 모든 게 재활용되고 다시 혼합되어 결국 하향 평준화되고 말죠. 그래서 어떤 판타지나 테마나 이미지에 대한 생각을 세계에 내놓게 되면, 결국 통제하거나 제한하는 것이 불가능할 정도로 폭주해버린단 말이죠. 그것이 가끔 침묵하고 싶은 유혹을 느끼는 직접적인 이유가 되죠. 타인들과 공유하고 싶으면서도 한편으로 단순히 수백만의 판타지와 사물과 제품과 견해 들을 날마다 집어삼켜야 돌아가는 기계에 먹이를 주고 싶지는 않다는 거예요.

콧 파리에서 이 인터뷰를 시작한 후 4개월 뒤 뉴욕 시로 돌아오신 선생님께 제가 전화를 드려 대화를 끝마칠 수 있을까 부탁을 드렸더니 이렇게 대답하셨어요. "제가 너무 많이 달라질지도 모르니까 빨리 해야 해요." 그래서 놀랐습니다.

손택 왜요? 너무나 자연스러운 것 같은데요.(웃음) 전 항상 변한다는 느낌이 들고, 그건 사실 다른 사람들에게 설명하기가 쉽지 않아요. 작가는 일반적으로 자기표현을 하거나 그게 아니면 자기 견해에 근거해 타인을 설득하고 변화시키는 일에 매진한다고들 생각하거든요. 그런데 저한테는 그 두 가지 모델이 다 별 의미가 없는 것 같아요. 제 말은, 전 부분적으로는 나 자신을 변화시키기 위해서 글을 쓰거든요. 일단 한 가지 주제에 대해 다 쓰고 나면 더 이상 그 생각을 할 필요가 없도록 말이에요. 사실 글을 쓸 때는 그런 아이디어들을 없애버리기 위해서 하는 거죠. 대중을 경멸하는 소리로 들릴지도 모르겠네요. 왜냐하면 제가 그런 아이디어들을 없애버린다는 건 내가 믿는 바로서—글을 쓸 때는 물론 실제로도 믿죠—그걸 전달했다는 뜻이거든요. 그러나 다 쓰고 나면 제가 다른 관점으로 옮겨 가기 때문에 더 이상 믿지 않는 생각들이 되어버리는 거예요. 그래서 훨씬 더 복잡해지죠……. 아니, 어쩌면 더 단순해지는 걸지도 모르지만요. 그래서 저작에 대해 논하는 게 좀 어려워져요. 사람들은 그런 얘기에 관심이 있을지 모르겠는데, 실제로 글을 쓰고 나면 전 이미 어디 다른 곳으로 옮겨 간 뒤랍니다.

콧 어떤 면에서 보면 반딧불 같기도 하네요. 그 빛을 보는 순간 이미 반디는 다른 곳으로 날아가버린 후라는 걸 깨닫게 되죠.

손택 그래요. 아마 사람들에게는 그게 오만하고 무책임하게 보일 거예요. 일종의 치고 빠지기처럼 말이에요. 제가 더 이상 논의하고 싶어 하지 않으니까요. 그렇다고 새로운 관심사를 논하기도 싫어요. 아직 작업을 하는 중이니까요.

"어디로 가는지 행선지를 모르는 게 좋고,
또 그러면서도 한참 멀리 길을 떠나 있다는 느낌이 좋죠"

콧 단편 「사후 보고」에서 선생님께서는 “피를 펌프로 뽑아내어 새로 갈아 넣는 것처럼, 감정도 완전히 바꿔버리고 싶은” 욕망을 말씀하십니다. 그리고 「오랜 불만을 다시 생각함」에서 주인공은 이런 말도 하지요. “너는 너 자신 말고는 다른 무엇도 될 수 없다. 너 자신에서 다소간 벗어날 수 있을 뿐이다. 자기 두 다리를 넘어갈 수는 없는 법이다.” 『나, 그리고 그 밖의 것들』 전편에 걸쳐 캐릭터들은 자기가 아닌 다른 사람, ‘타인’이 되려고 노력하고 있어요.

손택 글쎄요, ‘특정한’ 남이라는 의미에서 ‘타자’가 되려고 한다기보다 자기 인생을 바꾸고 싶어 하는 거죠. ‘반대’된다는 의미에서 ‘타자’라는 뜻이 아니에요. 그저…… 뭐, 잠에서 깨어나는 것 비슷할 거예요. 저는 이미 알고 있고 이미 상상한 바를 그대로 실천하고 있다는 느낌이 아주 싫어요. 어디로 가는지 행선지를 모르는 게 좋고, 또 그러면서도 한참 멀리 길을 떠나 있다는 느낌이 좋죠. 출발점에 있는 건 싫지만, 그 끝을 보는 것도 싫어요.

콧 아마 가운데 계시는 쪽을 선호하시나 봅니다. 여정 가운데 있는 단테처럼 말입니다.

손택 그래요, 전 언제나 중간에 있다는 느낌이 들어요. 그렇지만 끝보다는 시작에 가까운 지점이죠. 전 언제나 연구가 도제의 작업이라는 느낌이 들어요. 다 마치고 나면, 나중엔 뭔가 진짜 좋은 걸 할 거야, 하고 생각하죠.(웃음)

콧 단편 「중국 여행 프로젝트」에서 선생님께서는 주요 방위—동서남북—얘기를 하시면서 각각에 해당하는 정서적인 자질을 부여했습니다. 동쪽은 분노, 남쪽은 기쁨, 서쪽은 비탄, 북쪽은 공포, 그리고 중심center은 공감이라고요. 공감의 중심은 제가 보기에는 너무나도 아름답고 위로가 되는 생각입니다. 그러니 아마도 중간middle뿐 아니라 중심에 존재한다는 것에 대해서도 논할 수 있지 않을까요.

손택 물론이지요. 언어가 참으로 근사한 건 우리가 같은 사물에 대해 이처럼 긍정적이고 부정적인 단어들을 갖고 있기 때문이에요. 그래서 언어가 무한한 보물인 거예요. 모르는 사람이 없는 해묵은 농담을 생각해보세요. 나는 단호하고 너는 완고하고 그는 고집불통 머저리다. 똑같은 행동을 지칭하는 세 단어가 몹시 다른 가치를 담고 있거든요. 그래서 아마 중간에 있다는 건 좀 오염된 묘사라고 볼 수 있어요. 단테한테는 몰라도 우리한테는 '중간에 있다'고 말하면, 두 가지 대안 중에서 편을 정하는 게 겁나서 양쪽 모두와 똑같이 거리를 두는 사람을 떠올리게 돼요. 그렇지만 '중심'에 있다는 것, 그거 흥미롭지 않아요?

모든 게 달라지잖아요.

콧 제가 보기에는 중심에 있다는 건 시간을 초월하는 느낌이에요.

손택 그래요, 시간적인 의미로도 볼 수 있어요. 그러나 '중심에 있다'는 건 주변에 있다는 것과 대척되는 건데, 자기 자신의 의식·경험·시간의 주변에 존재하기를 바라지는 않잖아요. 특히 다른 사람도 아니고 장 칼뱅이 이런 말을 했죠. "세계는 양편으로 경사가 져 있으니, 너 자신을 그 가운데 두어라"라고요. 미끄러져 추락할 수도 있다는 말이에요. 우리 모두 삶에서 사람들이 세계 밖으로 떨어져 나간다는 걸 알고 있죠. 그 경사에 올라오면 미끄러지기 시작하는 거예요. 그래서 그건 '또 다른' 의미에서 중간에 있는 거예요. 그러나 삶은 아주 복잡하고, 잘근잘근 깨물어 뜯은 손톱으로 한쪽 끄트머리를 붙잡은 채로 매달려 있고 싶지는 않으니까 우리는 평지를 원하는 거예요. 더 이상은 볼 수가 없게 되니까 그런 일을 겪는 사람들이 아주 많아요. 매달려 있는 그곳에서는, 이제 완전히 추락하지 않으려는 사투에 불과하죠.

콧 J. S. 바흐가 일단의 악기 연주자들과 함께 공연할 때는 알토나 테너 파트를 연주하는 걸 좋아했다고 해요. 그래야 더 개별적으로 소프라노와 베이스 라인을 집중해서 들을 수 있다는 거죠. 그래서 중간에 있으면서 그를 에워싸고 벌어지는 것들에 정말로 귀를 기울일 수 있었다고 합니다.

손택 바흐의 그 얘기는 아주 흥미롭네요. 멋지다고 생각해요. 사람들은 중성성의 실천적 의미를 잘 이해하지 못해요. 초월적 중립성은 "나는 한쪽 편을 들지 않겠어"라는 태도가 아니에요. 그건 공감이에요. 그냥 사람들을 편 갈라놓는 이유 이상을 보게 되는 지점이죠.

콧 중간과 끝이라는 맥락에서 선생님의 '사적'인 시작점에 대해 여쭤보고 싶습니다. 「중국 여행 프로젝트」에서 선생님께서는 당신의 "사막 같은 유년기" 탓에 뜨거운 열기와 기백을 지닌 "고집불통 연인"이 되어버렸다고 하셨어요.

손택 전 전혀 뿌리를 박지 못하고 불안하게 유년기를 보냈어요. 사실 어렸을 때 여러 다른 장소를 옮겨 다녔거든요. 그러다가 제가 살았던 곳들 중 한 군데에서 깊은 인상을 받았는데, 그게 남부 애리조나였어요. 그게 '상상 속' 제 유년기예요. 나머지 소위 유년기는 로스앤젤레스에서 보냈고, 거기서는 노스할리우드고등학교를 다녔죠.

콧 사람들이 만들어놓은 온갖 지리적인 이항 대립들이 있죠. 캘리포니아와 뉴욕, 북부와 남부 캘리포니아, 뉴욕과 파리.

손택 전 그게 좋아요. 동시에 두 장소에 사는 게 좋고요. 지난 10년 동안 그런 식으로 살려고 노력해왔고요. 그럴 수 있는 자유를 얻은 후로 줄곧 말이에요.

콧 선생님 보시기에 뉴욕과 파리가 반대인가요?

손택 저는 서유럽 다른 곳들보다 파리에 머무는 편이에요. 로마에 살 수도 있었지만 말이에요. 그 이유는 그곳에 친구들이 있고 제가 제대로 말할 수 있는 외국어가 프랑스어뿐이기 때문이에요. 그리고 미국이 아닌 곳에서 살고 싶고요.

콧 프랑스의 삶과 문화에 특별한 동질감을 느끼시는 것 같은데요.

손택 그건 확실해요. 정말 그랬죠. 애초에 그래서 거기 정착하게 된 거예요. 전 머릿속에서 상상 속 프랑스를 그리고 있었어요. 발레리와 플로베르와 보들레르와 랭보와 지드로 이루어진 세계였죠. 그러나 그건 오늘날 존재하는 프랑스와 아무 관련이 없었어요. 제게 크나큰 의미를 가졌던 건 바로 그 머릿속의 프랑스였어요. 과거지사라는 건 잘 알지만 그 현장에 있으면서, 이런 일들이 벌어진 아름다운 건축물들 속에 있으면서 그 언어를 귀로 듣는 게 좋았어요.

투손에서 로스앤젤레스로 가는 건 어마어마한 변화였죠. LA에서 고등학교를 마치고 버클리로 갔다가 시카고대학으로 진학했고, 다음에는 하버드대학원으로 갔어요. 그리고 캘리포니아에서 잠시 지내다가 뉴욕으로 갔어요. 사람들은 제가 뉴요커라고 생각하지만 사실 스물여섯이 되어서야 이사한걸요……. 마침내 고향 모스크바에 돌아온 마샤마샤 게센(Masha Gessen). 1967년 소련에서 태어난 러시아 언론인 겸 작가로 1981년 미국으로 이주했지만 10년 뒤 다시 모스크바로 돌아와 지금까지 살고 있다 같은 기분이었죠. 전 항상 뉴욕에 살고 싶었고, 그렇게 될 거라는 걸 알았어요. 내가 선택해서 뉴요커가 된 사람이죠.

콧 반대로 저는 태생이 뉴요커지만, 컬럼비아대학교를 졸업하고 대학원에 지원하던 무렵 누가 저한테 헨리 밀러의 『빅서와 히에로니뮈스 보스의 오렌지Big Sur and the Oranges of Hieronymus Bosch』를 한 권 줬어요. 그 덕분에 캘리포니아를 꿈꾸기 시작했지요. 그리고 선생님께서 빌 헤일리 앤 더 코메츠를 만났던 것처럼 저는 어느 날 라디오를 켜고 비치 보이스의 〈펀, 펀, 펀Fun, Fun, Fun〉을 처음 들었을 때 '샌프란시스코로 가는 길'의 에피파니를 경험했어요. 바로 그 순간 진심으로 아이비리그고 뭐고 다 집어치워야겠다고 결정을 내리고 캘리포니아대학원에만 지원서를 냈죠. 캘리포니아는 제게 선생님의 파리 같은 곳이었어요. 간혹 컬럼비아대학교에서 선생님을 뵙게 될 때가 있었는데, 뚜렷하게 기억나는 게 한번은 제가 캘리포니아에 있는 대학원에 진학하고 싶다는 말씀을 드렸더니 선생님께서 "아니, 어떻게 그럴 수가 있어요?"라고 말씀하셨거든요. 솔직히 이 말씀은 드려야겠는데, 선생님은 그때 캘리포니아를 묵살하는 편협한 뉴요커의 전형처럼 보이셨어요.

손택 하지만 난 캘리포니아를 묵살할 권리가 있다고 봐요. 너무 잘 알거든요! 적어도 1년에 두 번은 그곳으로 돌아가고 베이에어리어에 절친한 친구들이 살아요. 그렇지만 제 친구들 대다수가 자발적으로 이주한 뉴요커라는 사실은 인정을 해야겠네요. 캘리포니아에서 어린 시절을 보낸 사람들 중에는 아는 사람이 거의 없어요.

콧 그와 비슷하게 전 사실 여기 뉴욕에서 태어난 사람들을 거의 못 봤어요.

손택 그래요. 하지만 전 동북부가 한도 끝도 없이 더 좋아요. 너무나 많은 것들이 캘리포니아로 옮겨지지 않았다는 느낌이 들거든요. 유럽과의 접점, 과거와의 연계, 책이라는 세계와의 연관성, 19세기 문학으로 대표되는 정서와 관심사와 에너지의 세계로 이어지는 것들. 그래서 아주 멍청한 이름을 갖게 된 거 같아요.

캘리포니아에서는 그런 게 너무 '아득해요'.

"뉴욕은 내가 굳건한 소속감을 느끼는 장소고
내 본거지라는 느낌을 주며 내가 돌아갈 곳이기도 해요"

콧 그렇지만 그게 또 캘리포니아의 멋진 장점이기도 하지요. 그곳에 실제로 그곳이 있으니까요. 아마 로버트 로웰Robert Lowell, 1917~1977. 전통적인 시로 시작했지만 실험주의에 영향을 받았으며 극적인 독백으로 표현하는 내면성을 다루는 고백시로 유명하다. 에즈라 파운드 같은 후기 모더니즘 대가들과 현대 실험주의 작가들 사이에 위치하고 있다. 로웰은 학자 시인의 유형을 대표한다보다는 게리 스나이더Gary Snyder, 1930~. 미국의 시인으로 선불교도, 산악인, 환경운동가, 심층생태철학자이고, 비트 세대의 일원이다에 가깝다고 할 수도 있겠네요. 이건 아이러니인데, 하필 제가 참석한 중 가장 감동적인 시 낭송회는 1965년 버클리에서 열렸던 로버트 로웰의 낭송회였어요.

손택 글쎄요, 저는 양쪽 다 매력을 느낍니다. 아까도 우리가 논했지만, 작가로서 '중간'에 있다는 것은 특권이지요. 그런 다른 종류의 갈망들을 존중하고 표현하고 싶습니다. 그리고 제가 논객이 아닌 관계로, 저는 D. H. 로렌스처럼 사람들이 포기해야 할 것과 붙들고 있어야 할 것을 결정하지는 않아도 된단 말이에요. 전 뭐든 포기하는 법을 몰라요.(웃음) 하지만 우리가 얘기했던 윤리적 지리학이라는 관점에서 보면 저는, 아까 얘기한 대로 뉴욕을 선호해요……. 다만, 말하자면 지중해나 캘리포니아에 접근성이 있다면 말이에요, 1년 열두 달, 아니 심지어 열 달이어도 뉴욕에서만 살 수는 없어요. 이건 완전히 인위적인 삶이죠. 그렇지만 뭐 어때요? 자기 공간은 스스로 창조해야만 해요. 침묵과 책들로 가득한 공간 말이에요.

뉴욕은 내가 굳건한 소속감을 느끼는 장소고 내 본거지라는 느낌을 주며 내가 돌아갈 곳이기도 해요. 그곳을 내가 핵심적인 장소로 고른 건 가까운 지인들 대다수가 이곳에 살기 때문이기도 하죠. 무엇보다 제 아들, 편집자들 그리고 가까운 친구들이요. 그리고 대부분의 책을 보관해두는 절벽의 틈새 같은 공간이 있어요. 그러나 뉴욕에 참담하리만큼 부재하는 한 가지는 종류를 막론하고 자연이죠. 정상적으로 살고 죽는 것을 접할 길이 없어요. 땅바닥에 누워 밤에 하늘을 보면 별이 가득한 밤하늘이 보이지 않아요. 그런 광경은 인간에게 죽어야 할 운명과 우주에서의 자기 자리에 대해 많은 것을 가르쳐주는데 말이에요. 그러니까, 그런 건 무섭기도 하고 경이롭기도 하잖아요. 뉴욕에서는 그냥 빌딩과 빌딩 사이를 오갈 뿐이지요.

콧 그러니까 칸트의 "별빛 총총한 밤하늘"은 없고 "내면의 윤리적 법"만 있다는 말씀이군요.

손택 (웃음) 그래요, 정말로 별들이 그리워요. 그렇지만 여기에서 1년의 절반은 푸른 하늘이 보이죠. 파리는 그렇지 못한데 말이에요. 그리고 조명이 환상적이에요. 그러니까 연결하는 게 있긴 하죠.

콧 이런 얘기를 나누다 보니 문화는 지리의 한 기능이라는 클리셰가 떠오르네요.

손택 사람들이 장소에 대한 관념들로 어느 정도까지 스스로를 정의하는지 보면 놀랍기 짝이 없어요. 최근에 인디애나 주에서 한 여자분을 만났는데, 오랜 세월을 그곳에서 지낸 아주 흥미롭고 지적인 여성이었죠. 아이들이 다 컸으니까 이제 동부로 이사하기로 결심했다는 거예요. 그러더니 이렇게 말했어요. "뭐, 나한테 맞는 도시는 보스턴이라고 생각해요. 동부에 있고, 수많은 것들이 있고, 유럽에 가까우니까요. 뉴욕은 좀 과한 것 같고요." 그렇지만 이건 완전히 신화의 차원이에요. 그녀는 자기 자신을 인디애나에서 보스턴으로 이사할 만한 여자라고 정의하면서 한편으로는 인디애나에서 맨해튼으로 가는 건 훨씬 거창한 일이니까 못한다고 생각하죠. 하지만 사실 그렇지도 않잖아요.

콧 하지만 전 그 여자분 말씀이 무슨 뜻인지 알겠네요.

손택 저 역시 무슨 뜻인지는 알아요. 하지만 여전히 생생히 살아 있는 신화에 근거한 얘기예요. 어차피 인디애나의 집을 팔고 보스턴 지역에서 직장을 구하고 완전히 새로운 삶을 건설해야 하는 거잖아요. 그건 뉴욕에서나 보스턴에서나 마찬가지로 힘든 일이죠. 그녀는 문화적 판타지에 의거해 보스턴이 더 조용하고 덜 분주하고 자극이 덜하다고 판단한 거예요.

콧 하지만 그게 사실이기도 하잖아요!

손택 맞아요. 하지만 바로 그 신화 때문에 보스턴은 보스턴이고 뉴욕은 뉴욕인 거예요. 반면 누구 다른 사람은 아, 정말 인디애나에서 20년을 살고 나니 진짜 제대로 살아보고 싶어, 라고 말할 수도 있죠. 그건 자기를 규정짓는 일이에요. 5년 동안 보스턴에서 살아봐야겠다, 그러면 뉴욕에 가서도 살아볼 만할 테니까, 하고 말하는 것과는 또 다르죠. 아시다시피 도시에 가면 온갖 종류의 사람이 어찌 되었든 그곳에서 살잖아요.

콧 하지만 선생님께서도 캘리포니아와 뉴욕에 이끌리면서도 한쪽을 더 선호하시니까, 어떤 면에서 그런 신화에 연루되어 계신 게 아닐까요.

손택 그래요. 하지만 전 뭐랄까, 간접적으로 연루되어 있다고 봐요.

제가 뉴욕에서 살고 싶다고 말할 때는 사람들이 이제까지 선택해온 장소에 살고 싶다는 의미에서인 거죠. 사람들이 제일 먼저 뉴욕에 대해 하는 말은 신화의 차원이에요. 세계 수도라든가 이 나라의 문화적 수도라든가. 좋든 나쁘든 그건 그렇죠. 단일 장소로서는 여기가 이런저런 일들을 하는 사람이 가장 많으니까요. 그래서 우리가 이곳에 산다면 그건 마치 좋아, 내 시간으로는 다 쫓아가지 못할 정도로 엄청나게 많은 일들이 일어나는 곳에 살고 싶어, 라고 말하는 거나 마찬가지예요. 그 모든 걸 다 하겠다는 얘기가 아니라, 할 수 있다는 생각도 하고 싶고 그런 선택의 여지도 갖고 싶은 거예요. 그리고 여기 사는 또 한 가지 이유는, 야심만만하고 한시도 가만히 있지 못하는 사람들과 만나고 싶기 때문이기도 해요. 캘리포니아 사람을 만나 안녕하세요! 하고 인사를 하면…… 그다음에는 엄청난 침묵이 깔리죠.(웃음) 그것도 괜찮아요. 하지만 전 한시도 가만있지 않고 움직이고 싶어요.

콧 캘리포니아에서 쉬지 않고 움직이다가 뉴욕에서 안녕하세요! 하고 인사를 건네면 최고겠네요.

손택 바로 그거예요. 솔직히 처음에 뉴욕에 왔을 때는 뉴요커들이 말도 짧고 무뚝뚝하고 못됐다고 생각했어요. 지금은 좀 나아진 것 같지만요. 서부의 호의와 친절과 환대에 좀 지나치게 익

숙했던 모양이에요. 그쪽 사람들은 더 친절하고 정중하고 마찰을 덜 일으키거든요. 게다가 내 말투며 웃음이 헤픈 게 몹시 캘리포니아 사람답죠. 자기방어도 하지 않고 경계심도 별로 없고 의심도 없어요.

콧 그렇지만 「중국 여행 프로젝트」에서 이렇게 쓰셨잖아요. "어디선가, 내 안의 어느 곳에선가 나는 거리를 두고 있다."

손택 그렇지만 내 단편의 화자들과 완전히 동일시하지는 않아요. 내가 거리를 두었던 적은 없다고 생각해요. 제 단편에서 일인칭 화법으로 말하는 캐릭터로 말하자면, 그건 제가 아니에요. 예술가들이 흔히 그렇듯 저 역시 제 삶의 이런저런 시기들에 숨어 있었어요. 내 작품과 독서로 숨고, 두서너 명의 친구들과 숨고, 세상을 두려워했죠. 사람들이 나한테 지금 하는 일을 그만두라고 할까 봐 두려웠고, 그런 신호들에는 아예 귀를 닫고 신경 쓰려 하지도 않았어요. 많은 사람들, 특히 여자들이 나한테 그런 질문을 했죠. "어떻게 기가 꺾이지 않으신 거예요? 그런 야망들을 품어서는 안 된다는 얘기를 많이 들으셨을 텐데요." 아마 내 기가 꺾이지 않았던 건 그런 메시지에 아예 귀를 기울이지 않았기 때문일 거예요. 그런 소리를 듣지 않기 위해서는, 확실히 어떤 면에서 청각 기능을 꺼버려야 했던 것 같아요. 그래서 거리를 두었다면, 본능적으로 내 기를 꺾을 만한 것들에 맞서 나 자신을 보호한다는 의미에서 그랬을 뿐이에요. "그러면 안 돼, 그러면 시집을 못 가" 같은 소리를 하는 사람들이라든가.(웃음)

콧 선생님의 영화 〈식인종을 위한 듀엣Duet for Cannibals〉에는 다른 사람 머리에 붕대를 감아주는 장면이 나옵니다. 당시에는 정체성과 상처의 연계라는 관념을 전달하려는 것처럼 보였거든요. 그런데 선생님께서 단편 「안내 없는 여행」에 이런 글을 쓰셨더군요. "우리는 처음에서 얼마나 멀어졌나. 언제 우리는 처음 그 상처를 느끼기 시작했나…… 이 견고한 상처, 다른 곳을 향한 크나큰 갈망. 이 장소를 다른 곳으로 만들고자 하는 갈망을." 이 글이 우리가 인터뷰 내내 논의했던 주제들 상당수를 축약해서 암시하고 있다는 생각이 들지 않으세요?

손택 그래서 그 단편이 『나, 그리고 그 밖의 것들』의 대미를 장식하게 된 거예요.

"난 기원으로 회귀하고 싶지 않아요.
기원은 그저 시발점이라고 생각해요"

콧 저는 그걸 그 책의 첫머리와 연결 짓고 싶습니다. 그 첫 번째 단편 「중국 여행 프로젝트」에서 선생님께서는 "선하기 위해 사

수전 손택의 첫 번째 영화 〈식인종을 위한 듀엣〉(1969) 포스터

람은 더 소박해져야 한다. 기원으로 회귀한다는 의미에서의 소박함 말이다"라고 쓰셨습니다. 오스트리아 비평가 카를 크라우스가 이런 발언을 했지요. "기원은 우리의 목적지다." 선생님도 그렇습니까?

손택 난 기원으로 회귀하고 싶지 않아요. 기원은 그저 시발점이라고 생각해요. 제 전반적인 느낌은 아주 멀리 왔다는 거예요. 그리고 우리가 기원으로부터 시작해 여행한 그 거리에서 기쁨을 느껴요. 그건 아까 말씀드린 대로, 뿌리박지 못한 제 유년기와 엄청나게 파편화된 가족 때문이기도 해요. 뉴욕에는 내가 한 번 본 적도 없는 가까운 친척들이 많이 살고 있어요. 전 그 사람들이 누구인지 몰라요. 그건 그저 내가 붕괴되고 해체되고 흩어진 가족의 일원이기 때문일 거예요. 나로서는 돌아갈 곳도 없고, 돌아가 봤자 뭘 찾게 될지 상상도 가지 않아요. 평생을 도망치면서 살았거든요. 그렇지만 뭔가 의미 있는 걸 갖고 있는 사람들도 많을 테고, 그것도 멋지죠.
전 자신을 스스로 창조했다는 생각을 해요. 그게 저한테는 효과가 있는 착각이에요. 심지어 내가 독학을 했다는 생각마저 해요. 버클리, 시카고, 하버드, 굉장히 훌륭한 교육을 받았는데도 말이지요. 기본적으로는 내가 독학자라고 생각해요. 한 번도 누군가의 제자나 총아가 되어본 적이 없었고, 누가 밀어준 적도 없고, 내가 '출세'한 것도 누군가의 연인이나 아내나 딸이라서가 아니었어요. 물론 도움을 받는 게 끔찍한 일이라고 생각하는 건 아니에요. 도움을 받을 수 있다면 그것도 괜찮아요. 그러나 난 혼자 해냈다는 사실이 마음에 들어요. 그래야 할 거라고 생각했고, 그 도전을 받아들였어요. 그런 식으로 하면서 흥분을 느꼈죠.

있잖아요, 저한테는 끈질긴 판타지가 하나 있어요. 물론 어떻게 해야 할지도 모르겠고, 아마 그릴 가치가 있을 만큼 오래 살지도 못할 테니까 실행은 못하겠지만요. 그래도 어쨌든 모든 걸 갈기갈기 찢어버리고 아무도 수전 손택이라는 걸 알지 못하는 필명을 가지고 처음부터 다시 시작하는 판타지를 버릴 수가 없어요. 정말 그러면 좋겠어요. 지금까지 해낸 작업의 부담이 없이 다시 시작할 수 있다면 정말이지 근사할 거예요. 그러면 약간 다르게 할 것 같거든요……. 아니, 어쩌면 안 그럴지도 모르죠. 그냥 혼자 헛소리를 하고 있는지도 몰라요. 어쩌면 내가…… 뭐든 가명으로 출판하면 모두들 폭소를 터뜨리며 "저건 누가 봐도 수전 손택이잖아!"라고 할지도 몰라요. 남들이 쉽게 알아볼 수 있는 방식 말고는 달리 어떻게 글을 써야 할지 모르거든요. 그래도 다만 내 생각은 더 멀리멀리 나아가고 새로운 시작들을 꿈꾸는 것이지 기원으로 돌아가는 게 아니라는 말은 하고 싶네요.

궁극적으로 우리는 거짓되고 선동적인 해석들을 파괴해야만 한다고 생각해요……. 그런 기획에 깊이 유대감을 느껴요. 좀 더 웅장한 꿈을 꾸는 순간이면 나 자신이 머리를 싹둑싹둑 자르는 일에 매진하고 있다는 생각이 들어요. 헤라클레스가 히드라의 목을 베듯이, 지금 잘라내는 이런 거짓된 의식과 선동적 사고가 어딘가 다른 곳에서 불쑥 나타날 거라는 걸 잘 알고 있으면서 말이죠. 전 할 수 있는 한 이 일을 계속할 거예요. 그리고 내가 아니라도 다른 사람들이 계속해서 이 일을 할 거라는 것 역시 잘 알고 있어요.

아까 작가의 사명은 세계에 주의를 기울이는 거라고 말했지만, 저 자신에게 스스로 부과한바 작가의 소명은 온갖 종류의 허위에 맞서 공격적이고 적대적인 관계를 유지하는 것이에요……. 역시 마찬가지로, 이것이 끝없는 작업이라는 걸 너무나 잘 알고 하는 일이죠. 아무리 해도 허위나 허위의식이나 해석의 체계를 끝장낼 수는 없을 테니까요. 그러나 언제나 어떤 세대에든 그런 것들을 공격하는 사람들은 있어야 하고, 그래서 전 사회비판이 오로지 정부에서만 나오는 세계 대부분의 장소들을 생각하면 심히 심란해져요. 아무리 돈키호테적이라 해도, 모가지 두세 개라도 더 자르려고 애쓰는 프리랜서들이 있어야 한다고 보거든요. 착시와 허위와 선동을 파괴하려고 애쓰는, 그래서 만사를 더 복잡하게 만들려고 노력하는 사람들이 있어야만 해요. 만사를 더 단순하게 만들려는 불가피한 기류가 있으니까요. 하지만 내게는, 그 무엇보다 끔찍한 일이라면 아마 내가 이미 다 쓰고 얘기한 내용에 동조하게 되는 게 아닐까 생각해요. 그게 아마 날 그 무엇보다 불편하게 만들 거예요. 왜냐하면 그건 내가 생각하기를 멈추었다는 뜻일 테니까요.

생의 한가운데 돌아와 선, 그녀가 우리에게 '말'한다

유럽과 미국을 오가며 최고의 교육을 받은 영재의 신화, 이성애와 동성애를 넘나드는 화려한 애정 편력, 불행한 결혼, 치명적 연애, 포토제닉한 미모, 수줍으면서도 가차 없고 단호한 성격, 뉴욕의 지성들이 벌이는 온갖 모임에서 코트 더미를 깔고 자며 자라난 천재적이고 헌신적인 아들, 파리, 뉴욕, 사라예보, 사진과 영화, 유명한 친구들, 치열한 암 투병과 당당하고 용감한 죽음까지. 수전 손택의 명성에서 '사적'인 매혹의 신화적 오라aura를 온전히 지우기란 불가능하다. 사실 "대중문화의 퍼스트레이디"라든가 "뉴욕 지성계의 여왕" 또는 "미국 문학계의 다크레이디" 등 손택의 수많은 별칭들만 해도 그녀가 사상가로서뿐 아니라 매혹적인 셀러브리티로서 대중의 상상력을 얼마나 사로잡았는지를 넉넉히 방증한다. 이처럼 사적인 인간 손택을 둘러싼 매혹은, 진지한 윤리주의로 유명했던 사상가 손택이 한평생 전투적으로 맞서 싸웠던 반지성주의적 신화에 위험스러우리만큼 닿아 있어 아이러니하다.

작가도 사상가도 아닌 '인간' 손택에 대한 관심이 새삼스럽게 후끈 달아오른 건 그녀가 자궁암과 투병하다가 2004년 결국 세상을 떠난 후의 일이다. 생전의 손택은 언론과 학계, 출판계에 비치는 자신의 공적 이미지를 철저히 진지하게 통제했고 소설이든 인터뷰든 논문이든 장르를 막론하고 논리적 사유와 허구적 상상력으로 날것의 자아를 숨긴, 잘 다듬어진 '글'들을 통해서만 대중을 만나려 애썼다. 손택의 사생활과 개인적 매력은 마치 후광처럼 공공연히 배포된 '글'을 은은히 감싸며 그 배후에 숨겨져 있는 내밀한 자아에 대한 흥미를 증폭했다. 이 책의 인터뷰를 진행한 조너선 콧도 1978년 당시 손택의 특별한 매력이 언론에 나와 자기가 데이트하는 상대에 대해 뒷이야기를 늘어놓지 않는 신비주의와 직결된다는 흥미로운 발언을 하고 있다. 이에 그 어떤 진지한 작가도 그런 짓은 하지 않는다고 응수했던 생전의 손택은 타인이 자신에 대해 퍼뜨리는 가십을 팔짱 끼고 방관할 위인이 결코 아니었다.

그러나 2004년 손택이 세상을 떠나면서 당연히 이런 담론들을 통제할 주체는 사라져버린다. 아니, 사라진 것처럼 보였다. 그 이후로 봇물처럼 터져 나온 '그녀에 대한' 수많은 말과 글 들은 그간의 신비주의가 외려 증폭해온 대중의 관음주의적 호기심을 적나라하게 투영하는 한편, '사람 손택'의 캐릭터가 긍정적으로든 부정적으로든 주변인들에게 얼마나 강렬하게 각인되었는지를 새삼 실감하게 한다. 아들 데이비드 리프가 애증으로 뒤엉킨 어머니와의 마지막 나날을 기록한 고통스러운 회고록을 출간했고, 아들의 연인으로서 오랜 시간 손택과 동거한 시그리드 누네즈Sigrid Nunez가 손택 모자의 근친상간에 가까운 관계들을 가차 없이 가십으로 풀어낸 평전을 내놓았는가 하면, 오랜 팬이자 친구였던 테리 캐슬이 사라예보에서 총탄을 피하는 모습을 팔로알토의 길거리에서 거침없이 흉내 내는 허영심 가득한 캐릭터로 그녀를 묘사한 코믹하고도 신랄한 회고담을 〈런던리뷰오브북스〉에 게재해 또 한 차례 엄청난 반향을 일으켰다. 소소한 가십 기사들은 물론 무수한 평전과 전기가 쏟아져 나왔다.

부인할 수 없는 것은, 수전 손택이 자의 반 타의 반으로 구축한 이 아름답고 치열한 지성인의 삶의 서사가 종합적으로 만들어내는 엄청난 드라마의 힘이다. 이기적인 나르시시스트, 치열한 페미니스트, 자부심 강한 뉴요커, 허영심 강한 명사, 헌신적인 학자, 열혈 운동가, 지적인 젊은 여성들의 영원한 롤모델, 가학적이리만큼 극렬한 모성, 삶을 향한 지독한 애착……. 손택을 주인공으로 내세운 숱한 서사들은 낱낱이 불완전한 조각으로 남지만, 그 상충하고 부딪치는 서사적 편린들의 사이사이에, 모자이크 같은 종합으로서, 유동적으로 흔들리며 부상하는 뜨거운 삶의 드라마에서 손택은 결국 복잡다단하고 유니크한, 도저히 범주화할 수 없는 불세출의 '캐릭터'로 우뚝 선다. 자칫하면 싸구려 가십으로 전락하기 쉬웠을 민감한 평전과 회고

담들마저도 이 걸출한 매력의 캐릭터가 풍기는 주술에 휘말려 헤아릴 수 없이 복잡한 감정의 결들 그리고 흥미롭다 못해 섬뜩한 의미와 통찰의 층위를 띠게 된다.

하지만 인간 수전 손택에 '대한' 타인들의 숱한 말과 글을 뛰어넘는 경지에 올라선 건 다름없는 손택 자신의 궁극적 자아 재현—그녀 자신의 손으로 쓴 가상 내밀한 사직 자아의 기록, 당혹스러우리만큼 정직한 그녀의 일기였다. 놀랍게도, 죽은 손택 또한 사후의 자신을 둘러싼 방대한 '이야기'의 생산과 재생산에 뛰어들었던 것이다. 2008년 출간된 젊은 날의 일기 『다시 태어나다』는 수전 손택과 사적인 친분이 있는 많은 이들에게 불안한 당혹감을 안겨주었다. 특히 내키지 않는 편집을 어쩔 수 없이 떠맡은 아들 데이비드 리프는 사생활의 노출을 극도로 꺼리던 어머니가 어째서 자신을 비롯해 실명이 거론되는 모든 인물의 우려를 아랑곳하지 않고 한없이 사적인 기록들을 사후에 공개하고자 했는지 이해하지 못했고 불편한 심경을 굳이 숨기려 하지도 않았다. 그러나 앞에서 말했듯 조너선 콧이 손택의 '특별히 신비한 매력'을 거론하자 '그것은 아마도 명성'일 것이라고 받아치던 손택의 즉각적 응수는 이런 관점에서 흥미로운 짐작을 가능하게 한다. 만일 궁극의 신비한 매력이 곧 명성이라고 믿었던 손택이라면 그녀가 '사유를 멈추고' 죽은 다음에는 명성이 삶을 둘러싼 신화들에서 나오리라는 걸 미루어 짐작하고도 남지 않았을까.

명성은 누구보다 자의식이 강했던 수전 손택의 평생에서 대단히 중요한 화두였다. 나는 어떤 존재인가, 어떤 사유를 하는가, 어떤 삶을 살아야 하는가, 어떤 존재로 보이고 또 기억될 것인가, 손택은 항상 그런 문제들에 진심으로 골몰하고 있었으며, 언어와 이미지를 통해 자아를 연출해 재현하고 타인과 세계에 각인하는 방식을 고심했다. 테리 캐슬에게 작가로서 자신의 명성이 논객으로서의 평판에 미치지 못하지만 사후에는 얘기가 달라질 거라고 말했던 손택은, 그토록 자기 삶을 완벽한 드라마나 영화처럼 연출하고자 애썼던 만큼 세상을 떠난 후에도 자아의 서사를 스스로 써내고 싶었는지 모른다. 그녀가 평생토록 파괴하고자 매진했던 '거짓되고 선동적인 해석'들이 분명 그녀 삶의 진실에도 끼어들어 재현을 왜곡하리라는 걸 짐작하고 있었을 테니까. 그 이유는 바로, 그녀 자신이 그토록 원했던 대로—그리고 너무나 잘 알고 있었던 대로—그녀가 너무나 매력적인 인간이었기 때문이라는 것도.

1978년 파리와 뉴욕에서 수전 손택과 인터뷰를 진행해 〈롤링스톤〉에 기사화했던 조너선 콧이 당시의 육성을 녹취한 기록을 정리해 2013년 전문을 공개한 것도, 여전히 현재진행형으로 이어지는 손택이라는 사람의 명성과 개인적 마력에 대한 또 다른 형태의 증언이다. 그러나 편집되고 논평을 첨부한 기사 형식의 인터뷰가 아니라 그녀의 '육성'을 그대로 포착한 녹취록이라는 사실이 아마 이 책만이 갖는, 그 어떤 책과도 다른 독특한 강점이고 그것이 아마도 조너선 콧

이 수전 손택에게 표하는 경의의 헌사이기도 할 터이다. 콧이 서문에서 의식하고 있듯이, 인터뷰라는 형식은 언제나 작품이 아닌 작가 개인을 재현함에 있어 '침습'과 '대결'의 국면을 조장할 수 있는 위험을 내포하게 마련이다. 그러나 손택은 이 인터뷰를 철저히 일대일 '개인'의 대화로 인식하고 끌어가고자 했다. 이미 그해 〈롤링스톤〉지에 인터뷰 기사를 게재한 바 있는 콧이 손택의 사후에 편집도 논평도, 그 어떤 다른 매개도 없이 열두 시간에 걸친 긴 대화 속에서 포착한 그녀의 '육성'을 그대로 다시 한 번 '옮겨 적어'야겠다고 결심한 건, 아마도 인터뷰어로서 자신에게 주어진 첨언과 해석의 권리를 포기하고 불필요한 신화의 양산에 동조하지 않겠다는 뜻일 것이다. 그리하여 이 책은 시간과 공간을 초월하는 몰개성적 '글'이 아니라 1978년 싱그러운 어느 여름날, 파리와 뉴욕이라는 특수한 시공간에서 발화된 사적이고 특수한 '말'을 성실하게 포착한다. 추임새와 웃음소리를 포괄하는 이 대화 속 수전 손택의 말에는 목소리가 있고, 체온이 있고, 감정이 배어난다. 그녀의 삶을 종단하는 서사는 없지만, 그녀 삶의 짧은 한 순간을 함께 횡단하는 체험이 있다.

그렇기에 1978년이라는 시간, 그녀가 가장 사랑하고 소속감을 느꼈던 파리와 뉴욕이라는 공간, 이 '말'들이 발화되던 그 역사적이고 지역적인 특수성, 그 순간이 중요하다. 「'캠프'에 관한 단상」과 「해석에 반대한다」로 일약 미국 지성을 대표하는 비평가로 올라서고, 두 편의 소설과 수많은 에세이를 발표하며 왕성한 활동을 이어가던 중

1974년 유방암 선고를 받은 그녀는 유방 절제 수술과 괴로운 화학요법을 받고 2년의 투병을 한 끝에 76년 완치된다. 이 인터뷰가 이루어진 1978년은 역작인 『사진에 관하여』가 한창 출간되어 스포트라이트를 받고 있었으며, 이 투병 생활을 통해 얻은 통찰을 집대성한 『은유로서의 질병』이 곧 출간될 예정이었던 시점이다. 비슷한 시기의 한 인터뷰에서 "언제든지 죽을 수 있다는 앎을 얻었지만, 또한 지금 죽지 않았다는 사실에 희열을 느낀다"라고 털어놓았던 손택은, 그 순간 죽음과, 또 미신과 싸워 당당한 승리자로 돌아온 영웅이었다. 마흔다섯, 죽음을 관통해 생의 한가운데 다시 선 그 순간의 그녀는, 이 인터뷰 속에서 가장 빛나는 순간의 패기를 당당히 드러낸다. 좋은 세상은 주변적인 인간들에게 너그러워야만 하며, 그 누구도 늙었다는 이유로 또는 여성이라는 이유로 주눅 들거나 차별받아서는 안 되며, 객관적 세계의 실재를 부정하는 유심론의 신화와 폭압을 타파해야 한다고 외친다. 살기를 원하지 않는 자는 질병과 공범이라고 말하며, 삶을 긍정하고 삶을 위해 투쟁해야 한다고 말한다. 가슴을 뛰게 만들고 세상을 바꾸는 음악과 예술의 힘은 대중·순수미술이라는 간극을 뛰어넘는다고 말한다. 그렇게 모든 이항 대립과 클리셰의 허위와 착시를 뒤흔들고, 진실을 복잡하고 심오하게 만드는 비판적 사유의 가치를 열렬히 옹호한다. 그리고 이 대화 속에서, 그렇게 마성의 매력을 지닌 사적인 사람 손택과 준엄하고 엄정한 공인 논객 손택의 무의미한 신화와 이항 대립은 허물어진다. 이 물 흐르듯 이어지는 '말'들의 풍요로운 향연은 그녀 자신의 말대로 준엄한 "윤리주의자"와 "정신

나간 탐미주의자"가 어떻게 공존할 수 있는지를, 나르시시스트와 자기 성찰이 어떻게 공존할 수 있는지를, 모성과 자기애가 어떻게 공존할 수 있는지를, 대중문화에 대한 관심과 정전에 대한 헌신이 어떻게 한 사람 속에 어우러지는지를 날카롭게 일별하게 하고 신화의 장막을 뛰어넘어 인간 손택에게 다가가는 길을 열어준다. 우리가 사람을 풍문으로 알 수 없듯이, 오로지 만남으로만 알 수 있듯이, 이 책의 인터뷰는 그 순간 승리자로서 생의 정점에 서 있던 손택을 '만나게' 해준다.

번역을 하는 입장에서는 생생한 '사람의 육성'을 포착하는 것이 그 무엇보다 중요한 목표가 되어야 했다. 그래서 최대한 자연스럽게, 소설의 대화를 번역하듯, 말투와 표현 속에서 캐릭터가 떠오를 수 있기를 바라면서 작업을 했고, 또 그러한 작업의 과정은 그 자체가 크나큰 보람이었다. 언제나 그렇듯, 좋은 책을 번역하게 되어 기쁘고 고마운 만큼 죄송스럽다는 마음이 앞선다. 책을 읽는 독자들과 손택의 만남에 너무 큰 걸림돌이 되지 않기만을 빌 뿐이다.

2015년 4월

김선형

ㄱ

ㄴ

ㄷ

ㄹ

책·잡지·신문·편명

영화·연극·노래명

용어·기타

ㅋ

ㅍ